黑猫文库

Maya Yutaka

〔日〕麻耶雄嵩 著
吕文开 译

麦卡托如是说

メルカトルかく語りき

人民文学出版社
PEOPLE'S LITERATURE PUBLISHING HOUSE

著作权合同登记号　图字 01-2023-3922

MERUKATORU KAKU KATARIKI
Copyright © Yutaka Maya，2014
All rights reserved.
Original Japanese edition published by KODANSHA LTD.
Publication rights for Simplified Chinese character edition arranged with KODANSHA LTD.
through KODANSHA BEIJING CULTURE LTD. Beijing, China
本书由日本讲谈社正式授权,版权所有,未经书面同意,不得以任何方式做全面或局部翻印、仿制或转载。

图书在版编目(CIP)数据

麦卡托如是说/(日)麻耶雄嵩著;吕文开译. —
北京:人民文学出版社,2024(2025.10 重印)
(黑猫文库)
ISBN 978-7-02-018677-8

Ⅰ.①麦⋯　Ⅱ.①麻⋯②吕⋯　Ⅲ.①短篇小说-小
说集-日本-现代　Ⅳ.①I313.45

中国国家版本馆 CIP 数据核字(2024)第 099362 号

| 责任编辑 | 卜艳冰　张玉贞 |
| 封面设计 | 汪佳诗 |

出版发行	人民文学出版社
社　　址	北京市朝内大街 166 号
邮政编码	100705
印　　刷	山东临沂新华印刷物流集团有限责任公司
经　　销	全国新华书店等
字　　数	134 千字
开　　本	850 毫米×1168 毫米　1/32
印　　张	7.25
版　　次	2024 年 6 月北京第 1 版
印　　次	2025 年 10 月第 4 次印刷
书　　号	978-7-02-018677-8
定　　价	55.00 元

如有印装质量问题,请与本社图书销售中心调换。电话:010 - 65233595

目录

亡灵嫌犯　　1
九州旅行　　57
收束　　91
没有答案的绘本　　145
密室庄　　203
后记　　223
解说：麻耶雄嵩如是说　圆居挽　　225

亡灵嫌犯

I

1

那是一年前的事,当时我还在读高三。

"我知道一幢有趣的房子。"

我的朋友长谷友幸一边说一边拿出一张照片,照片上的建筑外形奇特,两层,大小与普通房子差不多,一层是西式的砖石构造,二层是木制结构,像老式的日本民宅。

"那是什么?鬼屋吗?"

满脸粉刺的新井敬二在一旁认真地盯着那张照片问道。

"也不是什么奇怪的房子,据说之前有一个喜欢日本文化的德国人住在那里。"

长谷的父亲经营着一家房屋中介公司,每当遇到有趣的房子时,长谷就会给我们看。

"既然喜欢日本文化,那就完全按照日式风格装修好了,怎么成了这样?"

"那不是偶尔住住的别墅,那个德国人一直住在那里，所以他把一楼装修成自己习惯的西式风格。一个习惯了椅子的人很难迅速适应榻榻米和被褥吧。"

"虽说如此，这房子也不该这么不洋不土，至少应该统一外观啊！果然，外国人就是外国人，说什么喜欢日本，也不过如此。"

新井还在抱怨，因为他有喜欢抱怨的毛病，所以没人在意他。

"据说德国人不善变通，不过在印度人看来，日本的咖喱也是一样不洋不土。大家暑假的时候要不要去那幢房子住一住？"

长谷邀请我们去看那幢房子。每当出现有趣的房子，长谷都会征得他父亲的同意，然后带我们去看，不过，这还是第一次去过夜。长谷说那幢房子有点远，很难当天往返，而且入秋后大家就要认真准备高考了，他想在那之前让大家好好玩一玩。

"和生野、阿蝶他们也说一声。"

我当然没有异议，于是我们决定八月末去那幢房子（因为长谷打的比方很有趣，我们就叫那幢房子咖喱庄了）住三天两夜。

一行六人除了我和长谷、新井敬二之外，还有生野武雄、青仓蝶、寺前桃子。我们都在同一所高中读书，经常一起去露营或者去洗海水浴。除了生野，其他人在小学和初中时就互相认识了，而生野是在上了高中之后才成为我们当中的一员。

小城高中的学生基本都来自当地的五所初中，所以初中时的朋友圈子在升入高中后基本都保留了下来。而生野在初中毕业前一直住在东京，他跟随调职到本地的父亲搬到这里，是转学到我们高中的"新人"。

生野能够加入我们的原因很简单：阿蝶喜欢他。

阿蝶是皮肤白皙的美女，性格也好，是我们几个男生眼中的女神，在全年级也是数一数二的美女。她那有光泽的长发十分抢眼，所以有了"黑凤蝶"的外号（或许她本人也意识到了这一点，她的手机上贴着黑凤蝶图案的贴纸）。

单单作为她的朋友都会觉得非常自豪——阿蝶就是这样的女孩。有无数男生曾向她告白，据我所知至少就有十几个，但是阿蝶非常腼腆、守规矩，悉数拒绝了。

就是这样的阿蝶，第一次这么主动。

虽说是主动，但是实际上也不是她自己，而是通过朋友桃子。桃子说话直爽，行动迅速，观念开放，对她来说，和男生有身体接触都不算什么。所以我们几个把桃子当兄弟看，这和阿蝶形成了鲜明的对比。

桃子毫无顾虑地问生野要不要加入我们，阿蝶躲在桃子身后观察生野的反应。

于是不知从何时起，生野就加入了我们，所以与其说是阿蝶，倒不如说是桃子拉生野入伙的。

长谷和新井喜欢阿蝶，所以对他们来说，生野的加入意味着煮熟的鸭子飞了。我了解他们的想法，因为我同样喜欢阿蝶。

生野的个子很高，长相清秀。有时候想到像他一样的城里人更受女生欢迎，我就会埋怨在地方工作的父母。生野是一个很有趣的人，我也仅仅只是羡慕他而已，并不讨厌他。而且由于乡下人没见过世面，当生野谈及涩谷、六本木、台场和迪士尼乐园时，我都会听得入迷。

如果生野和阿蝶两个人交往，那我就没有机会了。高一那年的秋天，我放弃了对阿蝶的心思。我们相识近十年，却一次也没有向她告白，我觉得自己配不上她，如果向她告白，她可能会离开我，想到这个，我就会感到不安。长谷和新井大概也是同样的想法，所以我们三个人心照不宣，一直静观其变。令我感到意外的是，过了很长一段时间，生野和阿蝶并没有开始交往。有一次我听到桃子问生野："生野，你有喜欢的人吗？"

似乎阿蝶是单相思，而生野并没有这个意思。仔细想想，生野平时确实总是和阿蝶保持一定的距离。在教室里聊天的时候，他肯定会夹在我和长谷他们之间。但是他似乎并没有女朋友，而且他也不是那种会隐瞒恋情的人。在学校里看到别人成双成对，生野都会坦率地表示羡慕。

"莫非你在东京有女朋友？异地恋？"

阿蝶再漂亮，与东京的女孩子相比可能也会显得土气些。

"但是……"

桃子摆弄着自己的棕色头发，陷入思考。

"似乎不是那样，莫非生野你有那方面的癖好？"

"怎么会？"我大笑，"亏你是女生，在男生面前还总讲荤段子，比我们知道的还多。"

很难想象在东京，初中生也能堂堂正正地租借成人录像，学校里有许多穿着迷你裙、打扮妖艳的年轻老师。不过这些话倒是没在桃子面前提。

听到生野并没有那方面的癖好，桃子皱起了眉毛，说道："那就好。"

"你好像很不甘，莫非你也喜欢生野？"

听到这句，桃子的脸刷地一下就红了起来。

"你瞎说什么啊？男生果然都是傻瓜。"桃子朝我的小腿踢了一脚，愤怒地离开了教室。她一直以来都言行粗暴，我就没太在意。不过看似般配的生野和阿蝶并没有在交往真是不可思议。

我们聚会的时候，生野还是会来，有时候他还会主动计划活动。如果他讨厌阿蝶，那么应该就不会加入我们当中来。大家一起去洗海水浴、参加秋天的节日活动、一起过圣诞节，氛围不错。只是生野不擅长爬山，不参加野营活动。我想肯定是因为生野与大城市的男生不同，在恋爱方面比较晚熟吧。

这种情况一直持续到高三。高三第一学期的最后一天放学，我看到阿蝶眼睛红肿，就上前询问情况，桃子严肃地丢下一句"没怎么",就陪阿蝶一起回家了。后来,桃子私下跟我说阿蝶下决心向生野告白,但是被拒绝了。

在W站下车后,我们大约走了两公里,来到了咖喱庄。

那时已经是下午五点钟左右,学校不允许学生考驾照,我们都没有车,走了接近三十分钟。

"我不知道还要进到这样的山里。"背着装满换洗衣服和食品的帆布包,生野在路上抱怨起来。

"对不住,对不住,我忘了你不擅长爬山,本以为咖喱庄距离寻常人家要更近一些,我听说它离车站不远,附近还有铁轨经过。"

"我们不会是要野营吧?"

生野不安地问道,脸色如濒死般发青,他似乎十分厌恶野营。

"不会的,我爸说咖喱庄有水有电,没有荒废,毕竟想要把这幢房子卖出去,肯定要打理的。"

身材短小的长谷挺直腰板,打起了保票,但还是让人觉得有些不靠谱。这段路对生野来说是深山,但实际上不过是一段缓缓的上坡路,在我看来并不是山,就是一片林子而已,而且我们脚下是平整的双车道柏油路,回头还可以清楚地看到车站旁的小街道。

走过一座气派的桥,我们就进入混凝土加固的叉路，穿过了只有警报器的铁路道口。咖喱庄就在不远的前方，与照片相比，它实际上更陈旧一些，或许是一层楼砖瓦结构的压迫感和二层楼木质结构的黑色调让它看上去如此陈旧。

"这不是鬼屋吧？"刚才还十分有活力的新井开始嘟囔了起来。

"怎么会？这就是普通的房子。你是怕了吧？"

"笑话，我怎么会怕？但阿蝶怎么办？"

虽然新井嘴上逞能，但是大家都知道他怕了，因为他平时胆小又迷信。

"你什么意思？怎么只提阿蝶？"桃子觉得自己没被当作女生，生气地眯起了眼睛。

"哦，对对，阿蝶和桃子怎么办？"新井连忙改口。

"不会的，我爸是不会让我去什么鬼屋的，而且半年前还有人住在这里呢。"

长谷的父母过分宝贝他们的儿子，所以他的话值得相信。走进房子，就会发现与压迫感极强的外观不同，内部还有些生活气息。只有家电和餐具被拿走，墙壁和家具都被清理得很干净，随时都可以住进来。我刚刚也有些不安，不过看到房子内部装修得色彩明亮，也就放下心来。

一层全部都是西式房间，但还是给人一种粗线条的感觉，可能是因为门窗要比普通人家大一圈吧。

"曾经的屋主是外国人，所以把房间造得大。"

"屋子里空气潮湿，可以打开窗户换气吗？"

桃子想要打开窗户，但是发现每一扇窗户的铁叶门都被放了下来。

"可能会有人翻窗而入，所以我爸说不要打开一层的铁叶门，可以打开二层的。"

"好吧，那我们去二层吧。"

长谷刚坐到椅子上就连忙起身，表示同意去二层。一路上，桃子一如既往地充当领导的角色，因为她的判断力和决策力最强，但长谷似乎觉得桃子年纪小，不愿意承认这一点。

我们一个接一个地走上楼梯，开始时脚下是白色的西式楼梯，走到一半就变成了木制的日式楼梯。上楼后，发现二层的装修比普通人家更为传统。

"楼上、楼下真是两个极端啊。"生野小声说道。

他刚才还没什么精神，但是一进到房子里，就又像平时一样开朗起来。

房子的二层楼有三个房间，一个正对着楼梯，另外两个在楼梯的一左一右，但是要绕过走廊才能进入。长谷解释说走廊故意被设计成这种曲折模样，像旧式的旅店和餐馆一样。正对着楼梯的那个房间最大，差不多有两个小房间那般大，入口处是两扇木制的拉门，拉门的外面，一扇画着松树，一扇画着仙鹤。进到房间，可以看到拉门的里面一扇画着梅花，一扇画着黄莺。

"拉门看着像花纸牌。"新井说道，"其他房间的拉

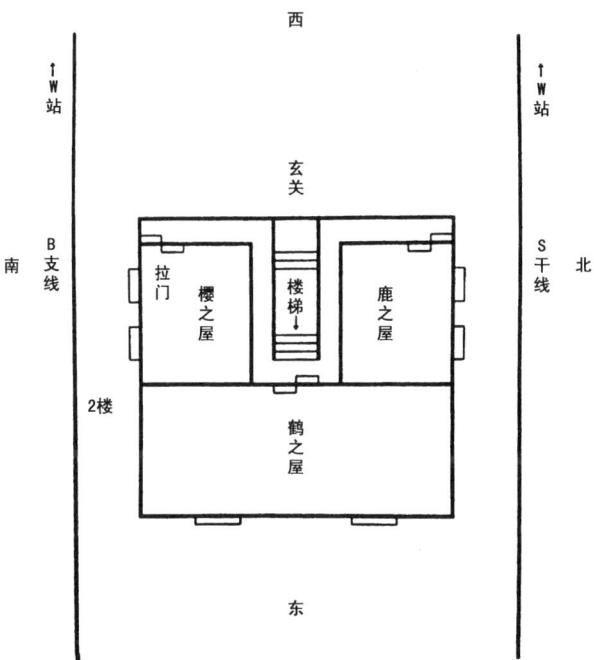

房间平面结构示意图

门上也同样画着画吗？"

确实，这种设计风格看起来像花纸牌，但是拉门上的画与其说是像常见的花纸牌，倒不如说更像京都寺庙里的精美隔扇画。

长谷似乎也不太清楚。

"可能是吧，果然是出自喜欢日本文化的外国人之手，好像有不少地方搞错了，但是我爸竟然很是佩服。"

长谷一边回答，一边打开拉门和玻璃窗通风。

房子里本来就空落落的，这个大房间就显得更加空旷了。抬头可以看见天花板上挂着一排告示板一样的东西，垂下了两个像警报灯一样的照明器具。墙上有书院式的壁龛，不在房间里面而在进门处，真是虔诚①。壁龛旁边，白色的被褥堆成小山。

长谷可能是注意到了我的视线，说道："这些被褥是上星期我爸送来的，不是这间屋子里的东西，你放心吧。"

一共有六套被褥。

"什么？我们女生也要跟你们一起睡通铺吗？"桃子慌张地问道。

确实，和男生共处一室的话，先不管桃子怎么样，阿蝶太可怜了。

---

① 壁龛原型据称来自禅宗，当时日本禅宗僧侣的房间称为"书院"，其正面墙上挂佛像，佛像前的条案上摆放供物。（译注。下文除特别说明，其他均为译注）

"是不太好……"

"那肯定啊!"

桃子恶狠狠地说道,阿蝶在她的身后点头。

"好,竹田,帮我把被褥搬到对面的房间去。新井,你们准备一下晚饭。"

说是准备晚饭,不过就是把买来的便当打开罢了。

于是我和长谷各抱起一套被褥向西南角的房间走去,阿蝶和桃子跟在我们身后。狭窄的走廊里,木制地板嘎吱作响,转过弯就是房间的入口处。同样是两扇拉门,上面分别画着樱花和花见幕。所谓花见幕,就是描绘贵族赏花宴会的图画。进到房间,打开荧光灯,发现灯罩内侧画着牡丹。关上门,可以看到门的屋内一侧画着两只巨大的黑凤蝶。

"花纸牌里的蝴蝶是这个样子吗?"

桃子认真地盯着门上的图案问道。

"下半部分的翅膀是红色的;上半部分的翅膀是黄色的,上面有红色的斑点;而这门上的图案是黑凤蝶。"

"长谷你很清楚啊。"

"因为我喜欢蝴蝶。"

一语双关。

"欸,那花纸牌上的是什么蝴蝶?"

"嗯……"长谷一时语塞,"从斑点来看,我猜是蛱蝶。"

"什么呀,说得含糊不清。"

期待落空,桃子眯起了眼睛。

"说是花纸牌图案,却有微妙差别。刚才那幅'黄莺'其实不是黄莺而是绣眼鸟,真正的黄莺是朴素的卡其色,而不是这么鲜艳的竹绿色。"

我在一旁愉快地看着他们说话,随即打开窗户,拉上纱窗换气,不经意间看到阿蝶在东张西望。这个房间的大小是刚才那个的一半。

"怎么了?"我问道。

"这个房间感觉像是妓院,让人感觉不舒服。"阿蝶小声说道。

确实,柱子和门框上的横木被涂成鲜红色,墙壁似乎被涂满了金箔,十分花哨。

"外国人嘛,不太懂这种微妙之处,他们就喜欢金阁寺什么的。"

"这么说来,确实有点瘆得慌。"桃子也感到不舒服。

"那就去另一个房间吧。"我提议,长谷丝毫不掩饰厌恶的神情,因为这样一来他就要把好不容易搬来的被褥再搬走。但是他要尽到地主之谊,于是便不情不愿地抱起了被褥。

"不好意思啊。"桃子背对着长谷说道,迅速走出了房间。

"你真的觉得不好意思吗?"面对长谷的责难,桃子没有回答。

回到走廊，再一次经过门上画着仙鹤的房间，绕到了另一边，这次的房间门外画着红叶和鹿，门的内侧画着不常见的紫色花朵，放下被褥，关上拉门就看到了野猪的图画，也就是说这花是荻花。

"以前没有见过荻花，原来是长这个样子啊。"

长谷似乎也是这么想的。

"我也是，只在衣柜上见过桐树花纹，这些植物过去在日本比较常见。但是房间只有这些了，花纸牌的图案还有一半没有出现呢。"

"因为只挑花纸牌中好看的图案吧，刚好'表菅原'和'猪鹿蝶'都凑齐了。"

长谷说，"表菅原"与"猪鹿蝶"一样，都是花纸牌中的组合，是指松/鹤、梅花/黄莺、樱花/花见幕三张牌的组合。

"二楼每个房间的窗户各有四扇，加起来刚好是十二扇，护窗板上也画上花纸牌就好了。"

"窗户的尺寸小，外国人不喜欢小的东西吧。"

所幸这个房间的色调朴实，甚至让人联想到了古寺。阿蝶她们这次好像能够接受了，把背包放到了房间的角落。我和刚才一样打开窗户，看到了窗外的铁路，刚好有一列火车向西驶去。

"这个房间与刚才那一间位置相对吧，我感觉刚才那里也能看到铁轨。"

"啊，铁路支线从 W 站延伸到这里，刚好在这里把别墅夹在中间，平行而过。"

"这地方有些逼仄，会有人在乡下特意买下这样的房子吗？"桃子问道，这问题合情合理。

"虽然被铁路夹在中间，但也不是紧挨着，有一百多米远。"长谷应该是事先看过地图了，他流利地回答。

"反正我是不会买的，我们还是早点过去吧，生野他们该等着急了。"

"是谁能让他们着急呢？"

回到大房间，发现新井他们拿着点心吃了，可能是因为闲着无聊吧。桃子对他们抢先吃东西的行为十分恼火。

晚饭后，我们在咖喱庄的小庭院里放起了烟花。因为事前被告知要注意火灾，我们带来的都是手持式烟花，但还是模仿星球大战里的光剑决斗，十分欢乐。

阿蝶盯着手中的烟花，火星飞溅，她忧郁的侧脸在微弱的火光中时隐时现，这让我想起了学期结束的那天她那悲伤的神情。仔细想想，今天她比平时话更少。

我招呼身旁的生野去房子的侧面。

"听说你拒绝了阿蝶？"我开门见山地问道。生野点点头，一副不可思议的神情。

"你是有喜欢的人了？"

"没有。"生野摇头。

"那你讨厌阿蝶吗？"

"不……倒不如说我喜欢她。"

"就是吧，我看你唯独不会碰阿蝶的手机。"

"那是因为……"生野支支吾吾。

"喜欢，为什么不接受她？对她有什么不满意？阿蝶都哭了。"

为什么要对情敌说这种话，真是好笑，但我还是没有忍住。

"我知道对不住青仓，但是我们两个不能在一起。"

"哪里不行了？"

"……"

生野没有回答，只是眼神躲闪，他的态度让我怒火中烧。

"别不说话，告诉我理由！"不知不觉间，我的语气强硬了起来。

"对不起，我不能说。"

"为什么？明明喜欢，还不接受，难以理解！"

但生野坚持不肯说理由。他越固执，我越气愤，两个人都不退让，再这样下去就要动手了。就在这个时候，新井喊道："喂！怎么了？发生什么事了？"

"没事，没怎么。"

生野什么也没说就走了。

"你们吵架了？"

"没有……"

"到此为止吧，好不容易出来玩，真是的。"

新井的话有道理。

"啊，对不起。"

虽然意识到自己不对，但是我对生野暧昧不明的态度十分恼火。

"对了，长谷说放完烟花开派对。"

"派对？"

所谓派对就是我们几个聚在一起喝酒。回到门上画着仙鹤的"鹤之屋"，长谷马上就从一层取来了果汁和啤酒。

"这些和被褥是让我爸一起送来的。"

"你父母竟然都同意你喝酒了。"

我们当然没有异议，之前大家一起去露营或者洗海水浴的时候都一定会喝酒。当然，阿蝶和桃子喝的是果汁。派对开始时，桃子总会惊讶地看着我们说："男生真是……"而阿蝶则相反，会称赞道："能喝酒，真厉害。"我们不知不觉就喝多了。

在派对上，大家一如既往地说着老师的坏话，分享恐怖故事，越聊越起劲，喝空的易拉罐也越来越多。唯一不同的是，我和生野之间基本没有对话。因为人多，所以似乎除新井之外没有人注意到这一点。

当我缓过神来，生野已经躺在榻榻米上睡着了。不过话说回来，之前的聚会上即使大家喝得起劲，也没见生野喝过酒。

"生野好像睡着了。"长谷似乎也注意到了，他轻手轻脚地站起身来说,"让他睡在这里的话,说话声会吵到他,还是把他抬到别的屋子去吧。竹田,你来搭把手。"

虽然我和生野还在冷战,但是同情他喝多了,我只好站起身来和长谷一起架起了生野,把他送到了门上画着樱花的"樱之屋"。新井抱着一套被褥晃晃悠悠地跟在我们身后,他似乎也不太能喝酒,但是他本人并不承认。

"早知道这样,刚才把被褥留在这个房间就好了。"

长谷怨声载道。我们把被褥铺在了房间深处,让昏睡的生野躺在被褥上。不一会儿,生野就发出了微弱的鼾声。

"旅行结束前我们暂且讲和。"

他大概听不到我在他耳边小声说的这句话。我拽了一下灯绳打开了荧光灯,关上了拉门。

几个小时过去,已经是凌晨两点钟。新井去看生野,回来却说生野不见了。

房间的灯亮着,我们还以为是他去一层上厕所了,就等了一会儿,不过他一直没有回来。

"是不是他睡糊涂了,从厕所出来后去了另一个房间?"

桃子她们也去确认了一下,可生野并不在那里。

于是我们几个男生想再确认一遍,就向樱之屋走去。正如新井所说，房间里没有人，只有乱成一团的被子，看起来确实是生野起床后去了哪里。

我注意到有一只飞蛾在荧光灯周围飞来飞去。看向窗户时，发现本应该关着的纱窗被打开了。南面的墙上有两扇窗户，被打开的纱窗是西侧的那一扇。

难道是进小偷了？我慌张不已，靠近窗户向下看去。

外面漆黑一片看不太清，不过隐隐约约有个人倒在地上，姿势扭曲。我赶忙下楼，来到房子的外面，胆战心惊地走了过去，发现窗户下面倒着的正是生野，身体冰冷。很明显他是从二楼的窗户坠落的。二层楼虽然不高，但是窗户的正下方有点景石，应该是他运气不好，脑袋撞到了石头上。生野脖子扭曲，没有医学常识的人也能看出来他已经死了。

听见咚咚的脚步声，我一回头就看到不知所措的阿蝶，她应该是跟着我一起下楼的。

之后的事我记不太清了，喝醉的我别说是照顾阿蝶了，简直和她一样昏了过去。听说是桃子一个人善后的，她指挥不知所措的长谷和新井报警（咖喱庄没有电话，不过所幸手机有信号），让他们把我和阿蝶抬到了房子里。据说警车十分钟内就赶到了现场。

我醒过来时发现自己躺在了一楼的硬床板上，警察忙碌地进进出出。原来这不是梦……这时我才真切地感受到悲剧已经发生。

警察调查后发现，生野和他所在的房间都没有异常，也没有迹象表明有人从二楼的窗户进入房间，结论就是生野死于意外，恐怕是他醒来后昏昏沉沉，想开窗户呼吸新鲜空气时不慎跌落的。他死于我们发现他的两个小时之前，也就是我们送他到房间的一个小时之后，那时我们几个正拿着啤酒胡扯废话。我们喝酒的事被警察、老师和父母狠狠地教育了一顿，可这与生野之死相比又算得了什么呢？

这件事之后，我们几乎就没有再一起出去玩了，在学校里还会说话，不过也就是说说话而已。阿蝶在第二学期都没来上学，桃子说阿蝶身体出了问题在家休养。

我去看望过阿蝶几次，她每次只是小声地说谢谢，脸色苍白。我这才明白阿蝶真心喜欢生野。

到了第三学期，阿蝶的身体恢复得差不多，回到了学校，但是她变得阴郁了。她的美丽有所改变，不过和我追求的美越来越远，我不知道该怎么和她搭话，再加上忙于备考，没和她好好说上几回话就毕业了。

2

再一次见到阿蝶是八月份的事了，那天是生野的忌日，我们在生野家见了面。一袭黑衣的阿蝶正如黑凤蝶一样高雅，不似半年前那般阴郁，应该是渐渐从那件事中走出来了吧。

我问她近况，她说她在复读，明年高考。

"我想考东京的大学。"阿蝶小声说道，眼睛布满血丝。

这句话令我大失所望。我和新井都在隔壁城镇的同一所大学读书，从大学入学的四月份以来经常见面。但是长谷去了大阪，桃子在我们当地的女子大学读书，我和他们两个好久没见了。桃子一点儿没变，还是那么粗鲁。长谷却在这么短的时间里发生了巨大的变化。不知是大阪的生活符合他的天性，还是受了大阪极大影响，过去就不够稳重的他如今更加轻佻，说起了关西腔，就像搞笑艺人一样。

"我雇了神探。"

生野的法事结束后，我们与生野的父母寒暄了几句。除了阿蝶，其他四人到附近的咖啡厅坐了坐。

"神探？"

"对。"

长谷得意地点头，开始解释起来。他觉得生野的死有疑点，于是让父母去请厉害的侦探破解真相。据说他雇的侦探很了不得，如果是简单的案子，到了现场马上就能破解。

"三天后这个侦探就会去咖喱庄。"

虽然长谷没有挑明说，不过他这一年来都有一个心结：当初邀请生野到咖喱庄、让他喝酒才出了事，我们几个人，尤其是他，都是有责任的。

"你真的认为那次不是意外？"

桃子问长谷，她的语气像是在说自己也这么认为。

我很惊讶，除了我之外还有人认为生野并非死于意外。

长谷说出了我的心声："再怎么不能喝酒，也不可能睡昏了头从窗户坠落吧。而且房间也不是漆黑一片，竹田开灯了，就算是第一次去那个房间也不可能犯下那种错。"

长谷拿着插着吸管的冰咖啡，喋喋不休。

"我一直都想找人谈谈，但是从那之后生野就成了禁忌话题。也许他真的死于意外，但是与其一直这样不清不楚，饱受折磨，不如请侦探让真相大白。"

长谷看着我们问道："你们要不要一起来？"

"我也想知道真相，可以去，不过为什么是三天之后？"

桃子说出了自己的疑惑。

"因为这个侦探太受欢迎了，有一堆案子要办。调查生野之死还是我爸硬拜托给他的，事情安排得这么急不好意思，不过大家能一起去吗？有当时所有在场者的证言，破案就会快些。"长谷再一次看向我们。

我用力地点头，坐在对面的新井也跟着点头。

咖喱庄与一年前相比没有变化，阿蝶的心思也是如此，一年来都没有变。

不可思议的是，我们到达咖喱庄的时间与一年前一样，仍然是下午五点多。长谷开车带新井和我来到了咖喱庄门口。一辆白色小轿车横冲直撞，停在我们眼前，从驾驶位走下来的是桃子。

"你们等很久了？"

"没有，我们也是刚到这里。"

正要这么回答的时候，副驾驶的门缓缓打开了，阿蝶走了下来。她与三天前判若两人，穿着洁白的连衣裙，手里捧着白色的花束。

"我和阿蝶说了，她也想来，我就把她带来了。阿蝶也很关心生野的死是否真的是意外。"桃子解释道。

"真的没关系吗？"看到过阿蝶三天前的状态，我很难想象她能心平气和地来到这里。

"我也想知道真相。"

阿蝶倔强地回答，迈着坚定的步伐向咖喱庄的南侧走去，她是想去生野倒下的窗下。

平整的点景石旁边立起了一座小石碑。阿蝶把白色花束放在碑前，双手缓缓合十。我们几个人也连忙双手合十。

这是自那天以来我们第一次看到这块点景石，与夜里不同，阳光下，石头反射着暗淡的光。石头上平整的地方还有星星点点的黑色印记，应该是血迹。如果真的像我们推测的一样，生野是被杀害而死，那么这些印记凝结着生野的冤情。

我再次双手合十，祈祷生野能够安息，阿蝶能够放下悲伤。

之后我们在房子的一层楼休息了一阵,这一次我们有车,于是去车站附近吃了饭。到这为止都很顺利,但是晚饭回来就发生了一段小插曲。

"我请的侦探可能要晚点来了。"

长谷挂断电话回到房间里,表情有些焦急。他之前和侦探约好了晚上八点钟见面,但是因为侦探遇到堵车,要晚到三个小时。

"只能在这里等了。"

长谷大失所望,新井表现出对长谷的不信任。

"搞什么啊,那家伙真的是神探吗?"

"这位侦探的能力毋庸置疑,是我伯父介绍的,他还为此打了保票。"

长谷的伯父是京都一家精密仪器公司的社长,朋友的亲人被杀,据说这位侦探大展身手,刚到现场就破了案。

"还记得半年前发生在京都的花道世家千金杀人案吗?"

我总是听到新闻播报那起案件。

"记得,那起案子就是这位侦探破的?"

桃子赞叹不已。

"案发后,电视节目大肆报道,不过很快就偃旗息鼓,因为凶手不久后就被逮捕了。"

桃子喜欢传奇人物,所以她完全相信长谷的话。

"即使案情扑朔迷离,侦破陷入僵局,只要这位侦探到场，马上就能揭露凶手的真面目。"

长谷得意扬扬地说道，可破案的明明不是他本人。

"所以，"长谷转向阿蝶说道，"不用担心，生野的死亡真相很快就会水落石出。"

"但是，"新井插嘴说道，"那家伙如果真的破了案，这事情会上报纸吧。"

"这个嘛，破了案当然了不得。不过上了新闻，全国各地就会有无数人来请他办案，他讨厌这样，所以特意要低调处理，似乎是因为怕工作太多又不想出名。"

长谷面带微笑地耐心解释道。不过在他说了侦探会晚点到之后，大家都不太信他的话了。可他本人没有注意到这一点。

长谷对满脸狐疑的新井不满地哼了一声，说道："好了，反正侦探半夜才会来，就这么傻等着也没意思，我们要不要喝点酒？"

长谷的这番话令人意外，果不其然，桃子吐槽道："现在这种情况你到底在想什么啊？"

"这有什么，等着也是等着，不如喝喝酒想开点，为生野祈冥福。我本来想着真相大白后再喝的，不过反正神探到了马上就能破案，所以现在喝也一样，就当是提前庆祝了。"

长谷说了一堆荒唐的理由，转身就下楼从车后备厢里抱回了保温箱，里面有许多罐装啤酒和几瓶无酒精饮料。

"我说你真的够了，多少考虑一下阿蝶的心情啊！"

长谷无视愤怒的桃子，打开了啤酒罐子的拉环，递给了阿蝶。

"阿蝶，在这儿一直含泪等着，生野的在天之灵不会高兴的。要让生野走得风光，周年忌日的时候我们就应该为他喝酒了，但是那种气氛下没法喝。我不太清楚你们两个到底是什么关系，不过我相信生野一定不愿意看到你悲伤难过的样子，没准生野的灵魂还在这里看着我们，不要太难过了。"

"喂！你别瞎说什么生野的灵魂来吓唬人。"新井突然大声说道，"这世界上哪有灵魂，我们想知道生野死亡的真相，但不是因为相信生野未能安息，灵魂游荡于此，而是想让阿蝶，想让大家从生野的死亡中走出来。"

"怎么，你怕灵魂？就算有灵魂也是生野的灵魂，不用什么都怕。"

"荒唐！人死后都会归于虚无，我怎么会怕这种荒唐话？"

"你们两个够了！在阿蝶的面前瞎说什么，生野明明已经安息了。你说对吧，阿蝶？"

令人惊讶的是，阿蝶缓缓地接过啤酒喝下了。既然阿蝶都喝了，那也没有必要再多说什么了，我也打开一罐啤酒一口气喝了下去。

看到阿蝶如此，桃子也喝了，于是新井一边咂舌一边把手伸向啤酒。半个小时后，气氛就变得和高中时的派对一样了。

或许阿蝶是第一次喝酒，喝了两三口后，脸就泛起了红晕，不知不觉间，她露出了久违的笑容。

一开始我对长谷的做法既震惊又愤怒，不过看到阿蝶的笑容后，也就渐渐觉得周年忌日上的气氛不该那样沉重，或许长谷的提议还不错。

"我说竹田，你还喜欢阿蝶吗？"

桃子突然小声地问我。我还以为是她喝醉了，不过似乎没有，她的表情十分认真。

"我怎么样都无所谓吧。"

"啊，那倒也是，不过……"

桃子犹豫了一会儿说道："竹田，那天你和生野吵架了吧？"

那天就是指生野出事的那天。我老老实实地点点头。

"果然是这样，当时你们两个没怎么说话，我觉得你们之间肯定发生了什么。"

"女生对这种事情真是敏感。我当时问生野为什么拒绝阿蝶，但是他坚持沉默不语，我特别生气，和他吵了起来。没过多久生野就死了，我觉得过意不去。生野那天喝闷酒或许也是因为我……你知道他为什么拒绝阿蝶吗？"

桃子连连摇头。

"我也不知道，阿蝶多半也不知道。这或许也是阿蝶到现在还走不出来的原因。"

"现在想想,生野当时很奇怪,如果他对阿蝶没意思,说自己喜欢其他女孩子就能搪塞过去了,但是他认真了起来,说自己喜欢阿蝶。"

"果然是这样。"桃子点点头。

"我不觉得生野讨厌阿蝶。因为生野有一个癖好,他会调侃别人的手机壁纸,但他绝对不会调侃阿蝶,所以他拒绝阿蝶可能是有原因的。"

"是什么原因呢?也许这和生野的死有关系。"

我们两人苦苦思索的时候,旁边有人大声说道:"我到现在还认为生野死于意外。"

向那边看去,发现新井和长谷不知什么时候喝红了脸,嘴角泡沫横飞。

"那你为什么来这里?"

长谷把手中的啤酒罐狠狠地扣在榻榻米上,靠了过去。

"你请来的侦探如果能证明生野死于意外,事情就明明白白有了定论,大家就会彻底从这件事里走出来,我不想当缺席的见证者。"

"缺席的见证者是什么意思?"

"你应该懂吧。"新井双眼发直盯着长谷看,"如果生野是被人杀害的,凶手就在我们几个人之中。"

这句话犹如割裂世界的利刃,新井触碰到了禁忌话题。这种可能性我也不是没有想过。这种想法曾多次在我的脑海中闪过,但是我都极力控制自己不去想。虽然很难认为生野死于意外,但也难以想象杀死生野的真凶就在我们几个人当中。

新井借着酒劲说出了这种矛盾心理,他的一句话让我们开始怀疑彼此。

我、阿蝶、桃子和长谷四个人都低下头不再说话,大家没有看向同一处,相互窥探对方的气息,坐在榻榻米上心神不宁。

"所以我一开始就说生野死于意外,这样大家才会幸福。"

听语气,新井并不是发自内心相信生野死于意外,而是让自己相信如此……恐怕这才是他的真实想法。

果然,请侦探来破案是正确的。

在一阵难以忍耐的沉默过后,屋子里响起一阵微弱的鼾声。新井说了自己想说的话之后就睡着了。

"可恶,真是一个以自我为中心的家伙。"

长谷皱起眉头抱怨起来,然后对我们说道:"如果生野真的是被人所杀,凶手也不一定就在我们几个人当中,凶手也有可能是藏在房子里的其他人。"

并没有意识到这实际上煽动了彼此之间的猜疑心,长谷接着又说道:"而且也有可能是意外。"

场面已经不是他一个人就能掌控得了,我靠近长谷,拍了拍他的肩膀安慰道:

"唉呀,反正侦探来之前我们也没有什么办法,还是为了生野畅快地喝酒吧,你刚刚不还说'如果我们愁眉苦脸，生野也会悲伤的'吗？"

"对对，喝吧喝吧。"

长谷的表情终于舒缓了些，他又从保温箱里拿出啤酒递给我。

"不过新井这家伙是真的不会察言观色，我还以为他读了大学之后性格成熟了，实际还是老样子。我们送他去隔壁的房间睡觉吧。"

长谷这么说着，从背后抱起了新井，新井似乎微微睁开了眼睛，但还是昏睡着。

"喂，我们送你去对面的房间，你能自己走吗？"

新井摇摇晃晃，借着长谷的力一步一步挪动起来，就像腿脚不方便需要照顾的老人一样。

"要我帮忙吗？"

"我一个人就行，这家伙不盖被子也行，你陪着两个女生吧。"

长谷走出房间到了走廊里。

温暖的风透过纱窗吹进房间里。手表显示已经晚上九点多了。

长谷回来之后，我们四个人开始聊起了生野活着时候的事。有一次，长谷和新井厮打成一团，生野骑自行车撞开两人来劝架，新井因此也扭伤了脚腕。新井因为好奇学抽烟时，生野揍了新井并且不准他再吸烟。我和长谷两个人戏弄野狗的时候，只有生野会责问原因。大家约定到已经关门二十年的昆虫馆冒险那天,却联系不上生野了。但是他又敢带头去传言发生过命案的医院旧址。生野笑着放出豪言壮语:"根本就不会有幽灵。"顺便提一句,这两次冒险,新井都找了奇怪的借口没有去。生野对发型在乎得不行,会花费三十分钟打理造型。有一次,生野在银杏树下张着嘴发呆,结果银杏掉进了他的嘴里。到长谷家做客时,生野完全不吃青竹笋、蝴蝶意面,惹得长谷的妈妈不高兴。他还说章鱼小丸子好吃,并坚称十字烧要比大阪烧好吃。他还完全不认可我奶奶的衣品,不能理解我奶奶为什么会穿印有动物图案的衣服。

"虽然这么说对不住阿蝶,但是生野那家伙总归是东京人。"

称呼生野是东京人而不是城里人,是因为他刚开始住在大阪吧?

胡思乱想之间,我感觉有些眩晕,发觉自己有些喝多了。

"我好像有些喝多了,到外面去醒醒酒。"

我起身下楼,来到咖喱庄外面,在旁边的庭院里坐了下来,这里正是去年大家一起放烟花的地方。

看了一眼手表,发现已经快十点钟了。屋外很安静,完全听不见虫鸣声或是风声,抬头可以看到漫天的星辰与月亮。我想就这么一直仰面躺在地上眺望星空,忘记此行的目的。

目的？

突然，我的脑中闪过疑问：真的会有侦探来吗？如果长谷说了谎，那他的目的是什么？

清澈的夜空不会体谅凡人的心情，反而带来孤寂与猜疑。我依旧没有醒酒，但还是在外面待了一会儿，感觉困了就回到了房子里。

上楼时，我听见南面走廊那边传来咣当咣当的火车声，这提醒了我，这片自然之地的不远处还有着铁轨这种人为之物。孤寂是一种错觉，只是因为周围被灌木围绕而已。或许当时生野给我的答复也是这样，明明近在耳边却被某种声响遮盖过去。

在我停下脚步，入神地听着火车呼啸而过的时候，啪嚓一声——好像是什么陶瓷器物摔碎了，声音十分清脆。但当时我只觉得那是有人喝醉，摔碎了东西。酒精让我丧失了理性思考的能力，声音来自南边，那里明明应该是没有人的。

不知道侦探何时能来，与其等他，不如躺一会儿——我被这种想法支配，于是走上楼梯，左转走进了"鹿之屋"。房间的灯关了，新井应该睡在里面。如果开灯可能会弄醒新井，所以我就躺在了靠近门口的地方。刚才安静的虫子却在这时开始了鸣叫。

火车经过的声音在我的脑海中挥之不去，醉酒的大脑开始了幻想：生野的脚上缠着绳子，绳子的另一端被火车牵引，不清楚这是什么机关，不过火车牵引绳子将生野拖到了楼下，导致他意外死亡，只要绳子的结可以在他坠落的瞬间脱落，那么就不会留下证据。当两个小时后我们发现生野的时候，系着绳子的火车早已经跑到了邻县，甚至更远的县了。

但这是如何做到的？我就在胡思乱想中睡着了。醒的时候连忙看了一眼手表，已经快十二点了。

我不清楚自己睡了多久，起身打开了灯，才发现房间里只有我一人，新井根本不在房间里。

"喂，你醒酒了？"当我打开"鹤之屋"的门时，长谷如是问我。

"嗯，新井去哪儿了？"我看到房间里只有三个人。

"他不在这里，应该还在睡觉吧。"

"不，他不在房间里……"

这个时候，门铃响了。

"终于来了，真是个吊人胃口的神探。"

长谷起身相迎，他明明喝了那么多酒，动作竟然还这么稳健。

"让咱们等了这么久，如果不能揭露真相那就太说不过去了。"

"不会的，你就放心吧。"

我和长谷一起走下楼梯，当我们来到一楼的时候，发现性急的访客正推开玄关的门进屋。走进来的是两名男子，一个中等身材，戴着眼镜，看起来并不聪明；另一个身材高挑，装束奇异，身穿的晚宴服仿佛是新做好

麦卡托如是说

的，戴着丝绸宽檐帽，仿佛是参加舞会的装扮，不过他们刚才确实一直在开派对。

"我们一直在等您。"

长谷向穿着晚宴服的那个人低头敬礼，似乎他就是那位神探，那位看起来不太聪明的人应该是他的助手吧。

"你好，我是麦卡托鲇。"

侦探轻轻摘下帽子向我们打招呼。这动作过于流畅迅速，以至于难以判断他是有礼貌还是敷衍我们。麦卡托是他的绰号吗？看他五官立体，也并非没可能是混血儿。

麦卡托满脸堆笑，说道："你们很幸运，我来了就等同于真相大白。"

真有自信，不过我被他的气场压制住了。

"啊，要叫大家来，但新井去哪儿了？"

"他还在睡觉吧。"

"莫非你让他睡在了'樱之屋'？"

我大为震惊，但是长谷镇定地回答："对，那家伙自以为是，坚称世界上没有灵魂，那么我让他睡到那间屋子也没有关系吧。"

"问题不在那儿吧……"

我把侦探撇到一旁飞奔上楼，心里有一种不祥的预感：这么一来，不就和发生在生野身上的事情一样了吗？

在我上楼的过程中，陶瓷摔碎的声音重新在我的脑海中闪过，那声音来自南边，也就是来自"樱之屋"。

拉开拉门，屋子里什么声音都没有，一片漆黑。

"喂，侦探到了。"

我喊新井，可他没有回答。

或许他不在这个房间里。我看向窗户那边，月亮被云彩遮住，屋外很黑，窗户开着，不过纱窗还关着。

还来得及吗？

我跑到房间的中央，拉下荧光灯的灯绳。开灯的同时，红色的东西立刻映入眼帘，那不是柱子的颜色，因为那红色在榻榻米上扩展开来。新井倒在榻榻米上，头上流出鲜红的液体，那是血！

看到新井的后脑勺血淋淋的，我不禁后退了一步，这时听见侦探麦卡托在我的身后兴奋地说道："看来我没有白来。"不知道他是什么时候上的楼。

II

1

"真是的，都怪你多管闲事才会迟到。"

麦卡托坐在副驾驶的座位上抱怨道。今天都几次了？我从三个小时前就不再数了，用十个手指都数不过来，用踩着刹车的脚趾数都还不够。

迟到从根源上要追溯到高速公路上的交通事故，但是我不太清楚事故的详细情况，只是看到高速公路上的电子指示牌显示着"由于事故，堵车长达十公里"。没办法，我只能从附近的高速出口离开高速公路，选择到普通公路上行驶，但不知道为什么，导航指示错误，导致我们在山间公路上迷了路，费了好大劲才到了县级公路。就当我觉得步入正轨时，又发现路边有一辆撞到护栏的车。

"发现事故车总不能见死不救吧。"

事故车的司机好像没有系安全带，所以撞到栏杆后被安全气囊弹到了车门窗户上，头上鲜血直流，失去了意识，车上只有司机一个人。

麦卡托十分冷酷，主张不要管那个司机，接着赶路。但是再怎么着急也不能见死不救，因为这是乡下的山路，回想一路上只遇到那么几辆车，如果我们不管，三十分钟内这个司机肯定还会晕在这里，不会被人发现。

所幸，下车向事故车走去时我把车钥匙装到了口袋里，麦卡托只能老实地跟着我下车。如果我没熄火的话，他很可能撇下我，自己开车赶路。

总之，要先打急救电话，可祸不单行，手机没有信号，我们只好开车回到有信号的地方报警。于是前前后后加起来，比约定时间晚了四个小时。

在这一系列的事故中，我并没有责任。如果偏要追究责任的话，胡乱指路的导航要被问罪。客观来看，我才是受害者，并没有责任。

可是麦卡托说："我是守信之人，约定在今天的事就要延期到明天办了。这是可能会损害我信誉的大事。你是不是被人收买故意来陷害我？就算刚刚午夜十二点也好，你也要让我在今天之内赴约。"他那荒唐的说辞让我联想到西班牙神父逼迫印加皇帝改信基督的情景。可他平日里说只相信自己，从来没关注过自己是否被人信任。

为此，我冒着被扣分乃至吊销驾照的风险，不，甚至冒着生命危险在山路上猛踩油门，内心祈祷不要步刚才那辆事故车的后尘。我的车上个月才车检过，要是报废了可真是够呛。

真没办法接受麦卡托的指责。

"迟到不怪我，倒不如说责任在你，如果你早一些解决上一个案子，也就不用这么赶了。"

"哈哈，事到如今你还想推卸责任？有这工夫不如使劲踩油门。"

上一个案子是一个月之前发生在名古屋的无差别连环杀人案，第一名受害者嘴里被塞了甜甜圈，一周后，第二名死者出现，嘴里被塞了柠檬。当得知第二名受害者嘴中被塞入的东西时，就连我都注意到死者嘴里的东西按照"哆来咪"① 音阶顺序排列，媒体也将其命名为

---

① 甜甜圈、柠檬、橘子的日文发音分别为：donaatsu、remonn、mikann，第一个音节符合"哆来咪"（do、re、mi）的顺序，下文的 fight ippatsu 是功能饮料的品牌，这一词的日语发音第一个音节是"发"（fa），芬达的日文发音第一个音节也是如此。

"哆来咪杀人案"。半个月前起，电视报纸就开始大肆报道这个案子了。当第三名受害者出现，嘴中被塞了橘子时，麦卡托接到了破案委托，那刚好是一周前的事情。

麦卡托信心满满，进展却极其缓慢，直到今天早晨出现新的受害者，他才揭露真相。第四名受害者的嘴里被塞进了功能饮料的瓶子。

"实际上，接下案子当天我就锁定嫌疑人了。"

麦卡托的话令我十分意外，方向盘差点失控，好险好险。

"真的吗？那你为什么放任嫌疑人直到新的受害者出现？"

是他不愿服输吧。不过话说回来，这一周的时间里我确实看不出麦卡托有半点焦急的神情。如果第四名受害者是他讨厌的人，倒也不是不能理解，可实际上那是个与他完全不相干的人，而且这本身就是无差别连环杀人案，他不可能提前判断出下一个受害者是谁。

"你的推理又搞错了方向。那是因为我好奇凶手会选择什么物品来代表'发'，可没想到竟然是'功能饮料'。橘子[①]不是外来语而用日语词也就算了，凶手选择'fight ippatsu'是什么年代的品位？这样看来'嗖'和'拉'不值得期待，赶紧结案算了。真想找凶手讨回白白浪费的一周时间。"麦卡托语气傲慢地抱怨道。

[①] 日语发音为mikann。

"那在你看来，什么物品代表'发'才好？苹果味芬达吗？"

"这不好说，创造是凶手的任务，我享受他们的创造性，并以剖析他们的想法为乐趣。"

"如果'发'合了你的意，难道你还要等到'噢'？"

"是的，但那样的话，今天的委托人可就要哭了，他应该感谢连环杀人案的嫌犯品位不好。"

我想反问他刚才宣称的神探的信用到哪里去了，不过山路愈发险峻，我决定集中精力开车。

我赌上命才在十一点五十九分驱车赶到了那幢别墅。

可是又遇到了一起命案……

房间里的柱子和门框上的横木被涂成鲜红色，墙壁被涂满了金箔，色彩炫目的日式天井垂下老式的球形荧光灯，灯上是方形的灯罩，灯下是一具尸体，它属于大学生新井敬二。尸体仰面倒在地上，后脑被多次击打，严重变形。

受害人应该是在榻榻米上睡觉时遭受了袭击，没有反抗的迹象，恐怕是受到第一次击打后就陷入昏迷，之后又遭到了多次击打。凶手的杀意十足，十分用力，以至于尸体头部附近的陶制烟灰缸也被敲碎。烟灰缸的断层也沾有飞溅的血液，由此来看，受害人受到击打和烟灰缸被打碎是同时发生的。

"凶器是什么？"

麦卡托指向房间的角落，那里有一段长六七十厘米的铁管，铁管的一端沾着黏稠的血迹。

"铁管是这幢房子里原来就有的东西吗？"

"铁管这东西，家家户户都有吧。"

这句话有些夸张。麦卡托似乎对凶器的出处不太感兴趣，应该是凶手认为铁管不会成为锁定自己的证据才会就这么丢在犯罪现场。

"受害者是一两个小时前被杀的。"

简单地调查了犯罪现场之后，麦卡托在"鹤之屋"里询问起三个大学生和一个复读生。

他们当中的一个小个子年轻人惊讶地问道："不用报警吗？"一口浓重的关西方言不知从哪里学到的，不过他的问题很符合逻辑。

"啊，一会儿报警就行。"

麦卡托干脆利落地回答道。这几个年轻人对此很疑惑，这是与麦卡托第一次见面的人的典型反应。

"我接到的委托是查清一年前发生的真相，如果警察来了，事情就复杂了。还是说你们想取消对我的委托，取消费用有十位数。"

十位数？我真是孤陋寡闻。几个年轻人也闭上了嘴。

"我知道了。"

代表几个年轻人说话的是刚才那个年轻人，他叫长谷友幸。

"那么，现在从哪件事开始说？"

"当然是全都要说出来，我是菩萨心肠，没准高兴了能帮助你们同时揭露两件事的真相。"

几个年轻人没有反对他那高傲的说辞，他们似乎着了道，不过在出了人命的情况下这也不足为奇。于是他们按照顺序从一年前的事说起，就像是喝了吐真剂一样，连细节都一五一十地说了出来，包括只有在眼下的情形才能说的羞愧的内心活动。听到他们口中青仓蝶对生野武雄的心思，我都觉得难为情：如果一年前死去的不是生野，没有必要这么刨根问底。我可真是喜欢操闲心。

总之，麦卡托从一年前问到了今天。

"原来如此，我大致了解了。"

麦卡托一边摆弄帽檐一边思索。

"您已经推理出凶手了吗？"

出人意料，棕色头发的女大学生高声问道。

"当然了，这么简单的事还弄不清楚，警察真是没用。"

高傲的麦卡托十分愤怒，他真是个精明的侦探。

"那么凶手是谁？"

这时，麦卡托却邪魅一笑。

"现在就告诉你们也行，但是这样一来我就完成了你们委托的工作，你们甘心吗？"

"你还能帮我们找出杀害新井的凶手吗？"

相貌平平的竹田冬树冷静地问道。

"我们迟到了,作为补偿,就算是给你们的特别服务吧。"

肯定另有隐情!我的直觉告诉我是这样。麦卡托绝对不会买一送一,提供什么特别服务。他一直都是明码标价,不,他要价很高,黄牛都自愧不如。

难道他还没弄清一年前的真相?所以为了线索还要查查刚刚发生的案件吗?如果凶手是同一个人(我觉得可能性很大),那么可以以此为突破口反推出一年前的真相。

被麦卡托忽悠得团团转的这些年轻人没有半点疑惑,主动说起了今天晚上发生的事。最重要的就是他们每个人的不在场证明,要按照时间查清他们的行动。

八点多,在"鹤之屋"里聚会喝酒,九点多新井喝醉昏睡,长谷如同恶作剧一般将新井送到出过事的房间(就是门上画着樱花的那一间)睡觉。将近十点的时候,竹田想要醒酒,就走出了房子,在庭院里打盹,之后又回到房子里,一直到快十二点,也就是我们到达这里的时候,竹田都没有回到这里,而是在"鹿之屋"睡了觉。其余三人一直都一起待在这里,十点半左右,寺前去了一趟厕所,十分钟后青仓去了一趟厕所,又过了十分钟,长谷去了一趟厕所。

有一个十分重要的细节,那就是竹田在上楼的时候听到过陶瓷物品摔碎的声音,可是他并不知道当时的准确时间,那声音估计就是现场的烟灰缸破碎时发出的。

麦卡托似乎也注意到了这一点，反复地询问竹田听到声音前后的细节。

"如果火车路过与烟灰缸摔碎是同时发生的话，不就能够锁定作案时间了吗？"

我脱口而出。

"应该是吧。"

不知道为什么，麦卡托却不太高兴，难道因为这是一起无须动脑就能解决的案件吗？

很快，他拨通了打给日本铁路公司的电话。一开始对方好像不太配合，不过当麦卡托自报家门之后就顺利地结束了通话。

"谢谢。"麦卡托挂断电话。他转身对年轻人们说："根据你们的证词，竹田在楼梯上听到的火车可以锁定为两列。一列是十点三十分由 S 干线驶向 W 站的特快列车，另一列是十点五十分从 W 站出发经过 B 支线的普通列车。但是，特快列车按时刻表本应该在十点十五分到达 W 站的，不过由于在前一站检修时发现前灯有问题就晚点了十五分钟。这幢房子附近的两条铁路都是偏僻线路，案发前后两个小时内没有其他火车经过。"

"那么我听到的是普通列车。"

听到麦卡托的陈述后，竹田马上就下了结论。

"刚才我也说了，火车的声音是从南边传来的，那里有铁路支线。"

"你没有告白的勇气，但是记性倒是不错。"

"请你说话注意些，没有你这么说话的。"

怒气冲冲的不是竹田，而是旁边的寺前桃子，她伸出食指指向麦卡托。

"难道你不懂得说话要委婉吗？"

"委婉对破案一点用都没有，而且话说回来，你是一直喜欢他吧，所以才生气。可你没有对他告白，你和他是一类人。"

"你怎么知道……"

寺前的脸变得通红。竹田对她的反应感到意外，也大吃一惊。

"你问我是怎么知道的？刚刚听了你们的陈述，这是明摆着的事，根本不用推理，你们也早就注意到了吧。"

"嗯，多多少少。"长谷老实地点头。

"胡说！"

寺前的脸变得更红了，她蹲在地上。而麦卡托却不看她一眼，说道："好了，那无关紧要，咱们言归正传。竹田的证词让我掌握了九成的真相，长谷，你把新井送到了'樱之屋'后，离开时关门了吗？"

"关了，不过我开了灯，也开了窗户。要是新井中暑怎么办，那可不是闹着玩的。"

"原来如此，这样一来，我就掌握百分之九十九的真相了，接下来我要去外面找找剩下的线索，等我出去你们就可以报警了。"

麦卡托整理了一下晚宴服的领子，慢悠悠地走下楼梯，但是他没有忘记对我说：

"美袋，你待在这里看着，别让他们跑了。"

我一直都是旁观者，突然就被安排当上了看守。房子里的气氛很沉重。

刚开始的一分钟，所有人都像是被施了咒一样一动不动，过了一会儿，缓过神来的长谷打电话报了警。

那我应该怎么做呢？其实无须像探照灯一样监视他们，因为我知道，他们根本就不会逃跑。但是即使对他们轻声细语，他们也知道我是麦卡托安排监视他们的，对立的立场不会改变。就在我犹豫如何是好的时候，有人向我这个冷酷无情的看守发问了。

"麦卡托先生已经知道真凶是谁了吗？"

令我惊讶的是，这个人竟然是青仓蝶，她的黑发令人印象深刻。在麦卡托不到一个小时的询问过程中，青仓双眼无神，只会回答被问到的问题，而且声音十分虚弱。可是现在，她的声音让我误以为是寺前桃子在说话，意志顽强。而寺前还没有从麦卡托的挑衅中缓过神来，恍恍惚惚，就好像她们的灵魂互换了一样。

似乎其他几个年轻人也对此十分诧异，三个人一齐看向青仓。

"对，麦卡托看起来就像是傲慢的施虐狂，不过他真的有过人的推理能力，不然你能想象那种人能活到今天吗？"

"喂！我不在，你就想说什么就说什么了？"

我回头一看，原来是麦卡托站在门口，露出邪魅的笑容，右手提着一个纸袋，来这里的时候没有见他拿过，应该是他在楼下拿的吧，纸袋中似乎有什么东西。

"你可真快。"为了不让他察觉我内心的慌张，我如是回应他的话。

"那是当然，既然已经掌握全部真相，找个东西难道还不是轻而易举？"

麦卡托很高兴，仿佛就要哼起小曲。

这回我确信他已经掌握了全部的真相。

2

"是谁杀了生野？"

青仓表情僵硬，这一次她开始追问麦卡托，气场十足。她就像能剧里的女鬼，开始是普通女子，不过随后就异变成戴着般若面具的女鬼了。青仓的变化让我清楚地回想起五年前看过的舞台剧里的细节。

但是麦卡托并没有受她影响，依旧若无其事地开始了他的推理："警察还要一段时间才能来，那我就从一年前的事开始说吧。先说结论：生野死于意外。"

"真的吗？"三个年轻人异口同声地问道。今天的凶杀案发生之前，他们可能还会对这种说法半信半疑，不过既然看到新井明显死于凶杀，当然也就会认为生野同样也是被人杀死。我也是这么想的。只有青仓直直地盯着麦卡托看。

"我不会撒谎,生野就是死于意外,只是和警察的看法稍有不同。"

"什么意思?"

我代表众人说出了疑惑。

"生野打开纱窗从窗户坠楼,这一点和警察的结论相同,但他不是仅仅由于睡糊涂、醉意未散才坠楼的,而是有更为切实的理由,他是想从某种东西的周围逃跑才慌乱从窗户跳出去。"这是麦卡托擅长的转弯抹角式的陈述,可是他刚才还说不快点解决问题等警察来了就麻烦了。

"某种东西,那是什么?难道是幽灵?"

我只好催他快一点说出真相。

"和那差不多。生野睁开眼睛的时候,在电灯的光亮中发现自己身处一个陌生的环境里,陷入恐惧从窗户跳出。"

"所以你说的某种东西到底是什么?"

"你真是急性子,能不能不要妨碍我享受揭露真相时的快乐?所谓某种东西,就是'樱之屋'的拉门内侧画着的两只巨大的蝴蝶。因为生野害怕蝴蝶,所以绝对不想进山,也不敢去昆虫馆冒险,不吃蝶形意面,也不碰青仓的贴有黑凤蝶贴纸的手机。即使喜欢青仓、被青仓表白也不想和她交往,因为青仓的名字里有'蝶'字。"

"我被拒绝是因为我的名字?"青仓的瞳孔震颤,惊讶的语调没有了抑扬顿挫。

"就是这样。"麦卡托点了点头。

"这太荒唐了，就算生野讨厌蝴蝶，因为名字叫蝶就拒绝喜欢的人，这也太过离奇了吧？"

"这世上有许多人讨厌蟑螂、害怕蟑螂，这其中有的人仅仅听见、看见'蟑螂'这两个字就会变得歇斯底里，所以他们把蟑螂称作'G'①。对他们来说，向自己告白的人无论是怎样的俊男靓女，要是名字叫'蟑螂'，自然不能交往。好在日本人不会取名叫蟑螂，所以才没有成为热议话题，但就像有人讨厌蟑螂，也有人讨厌蝴蝶，只是人数很少，在他们看来，蝴蝶与蟑螂一样难以忍受。"

"为什么……为什么生野没有告诉我这件事？"

青仓的哀叹打破了屋内的死寂。

对生野来说，她不是"青仓蝶"而是"青仓螂"，这无疑是压断她纤细神经的最后一根稻草。

"因为不想伤害你，再有就是，男高中生说自己怕蟑螂都会被嘲笑，如果宣称自己怕蝴蝶，那岂不是没脸见人了？他一定是在苦苦思索后决定瞒下这件事。"

青仓像是被拍扁的蟑螂一样，蜷缩在榻榻米上，我怀疑她并没有从头到尾听完麦卡托的话。

"那新井呢？新井为什么被杀？那场面可绝对不是

---

① 日语中，蟑螂的发音是"gokiburi"，首字母为G。

意外。"

竹田睁大了双眼，竭力用理智控制自己的情绪，自己心仪的女孩在别人眼里竟然和蟑螂一样讨厌，也难怪他会如此激动。

"是的，那不是意外，就是谋杀。你的证词中有奇怪之处，就是你说自己在上楼时听到火车的那一部分。"

"你是说我撒了谎？"

竹田仿佛觉得危险的火星落在自己的身上，十分警惕地反问麦卡托。

"你去了'鹿之屋'并且睡在了那里，还胡思乱想是系在火车上的绳线杀死了生野。"

"确实是胡思乱想……难不成你是说我真的执行了这个想法？"

"你当时想象生野的尸体被拖向W站，也就是说，在你的想象中，火车是向西行驶的。"

"那又怎么了？"

竹田神智恢复清醒，可还是支支吾吾。

"确实是这样……不过那有什么问题吗？"

"竹田，到底怎么回事？"

长谷似乎不理解这一系列对话，当然我也不理解。

"我确实听到了火车向西驶去，但是……"

"对。"麦卡托接着竹田说，"十点五十分的那一列火车是向东行驶的普通列车，也就是说你听到的其实是主干线上向西行驶的特快列车。"

"那就是说案发时间是十点三十分吗？"

我再一次回忆这几个年轻人的不在场证明，看向寺前桃子。

"你看我干什么？"

我避开自己视线，等着麦卡托的支援。

"我的助手似乎多有冒犯，他是半吊子侦探，小角色怎么也无法进步。"

麦卡托故意摆出厌恶的脸色给我看。

"关键在于，为什么在主干线上向W站行驶的特快列车听起来是在支线的方向。"

"等等，方位和火车的行进方向不一致，为什么就认定是方位错了？"

只有长谷还能冷静地分析问题。

"这是个好问题，看来你比半吊子美袋强多了。这是因为竹田不可能弄错火车的行进方向，但是很容易就会弄混左右位置。在北侧的主干线上行驶的特快列车听起来却在走廊的南侧方向行驶，这是因为，与直接从北侧传来的声音相比，南侧传来的声音要更大。就是说北侧有什么东西遮挡了声音的传播。首先是窗户，但是当时南北的窗户都被打开且有纱窗，所以是一样的，不过有一样东西是不一样的。竹田去往北侧的'鹿之屋'时打开了门，也就是说拉门之前是关着的。"

"'樱之屋'的拉门是开着的！"

我终于明白了，不禁叫了出来。

"就是这样,案发时现场的拉门开着,但是竹田发现尸体的时候门却是关上的,也就是凶手关上了门。长谷说他安顿好新井后关上了门,竹田在上楼时才能听见火车声和烟灰缸摔碎的声音,那正是案发时间。即使凶手是故意为之,他也不可能提前知晓火车晚点。也就是说凶手是故意打开拉门杀害新井,而后又关上拉门离开。"

"但是凶手为什么要开着门作案呢?"

麦卡托眼神犀利地看着我说道:"凶手为什么要开着拉门作案呢?如果你们是凶手,作案时会开着门吗?你们都在案发现场,很可能会听见新井的声音,而且凶手杀人之后还故意关上了门,一般来说,即使行凶前后门是开着的,凶手也会在行凶时关上门。开着门行凶,如果被人看见了就会被抓个正着,怎么解释都没有用。"

"确实如此,一般来说行凶时会关上门。"

"也就是说凶手由于某种原因,在了解自己的危险处境的同时还不得不开门作案。这个原因……只要看一看案发现场就知道了。"

青仓像是被折断翅膀的蝴蝶一样痛苦地蹲着,而我们几个像是被施了魔法一样恍恍惚惚地向案发现场走去。

"尸体惨不忍睹,你们要做好心理准备。"

看到大家都走进那个房间,麦卡托才慢慢向门口走去。

"开不开拉门,最大的差别就是这个。"

麦卡托关上了拉门,藏在牡丹门板后面的蝴蝶门板露了出来。

"因为凶手不想看到蝴蝶,所以他在房间里的时候就会打开拉门……你们的圈子里只有一个人讨厌蝴蝶。长谷和寺前在蝴蝶门板前侃侃而谈有关蝴蝶的事,竹田还在旁边微笑地看着,青仓觉得'樱之屋'阴森恐怖,但是她的手机上贴着蝴蝶贴纸,所以说……"

"你是说凶手是生野!太离谱了,生野已经死了,他出殡那天我也在场,你们也看到了吧?"

竹田也同意长谷的说法,他的表情很煎熬,内心处于崩溃的边缘。他身后的寺前也是一样,他们就像是风中的烛火。

"但是结论只有一个,逻辑将凶手指向了生野。在逻辑面前,你们模糊的记忆是毫无意义的,而且你们还怀疑凶手就在你们当中吧,但是……"

麦卡托把手伸进纸袋里,从中取出了某样东西。

"这是我在房子后面捡到的。"

那是一只男运动鞋,从形状可以判断是右脚的,材质是人造皮革,侧面有淡蓝色的线条,虽然不是新鞋,但是很漂亮,看样子没穿多久。

"外面很新,里面也完全不脏,就是说它是无意中被丢下的,鞋底还沾着青仓供放在生野墓前的花,我已经确定这只鞋不是你们几个人的,也就是说这只鞋证明了这幢房子里除了你们之外，还有一个讨厌蝴蝶的人。"

三个年轻人彻底崩溃，而此时窗外也传来了警车的声音。

3

"你的推理正确吗？"

在返程的车中我下定决心要问清楚。

麦卡托露出轻蔑的笑容，说道："逻辑上没有错误，我是不会错的。"

"那到底是怎么回事，生野明明死于去年，但是你却说凶手只可能是生野。"

"正是因为我说了，所以凶手只能是生野。"

麦卡托面无表情，但是不能被这张毫无表情的脸给骗了。

"当然，仅凭借逻辑推理，别说是你了，他们也无法信服，所以我演了一出戏。"

"什么？"我差一点没控制住方向盘，轮胎摩擦地面发出刺耳的声音，差一点就出了车祸。

"就是说生野还是早就死了？"

"那是肯定的，不仅仅是他们几个年轻人，生野的家人都出席了葬礼。而且因为死得蹊跷，生野的尸体也会被解剖。"

"那你为什么和他们说那种荒唐话？"

"也不全都是荒唐话。话说回来，你知道这次长谷家开出的报酬是多少吗？"

这个突如其来的俗气问题让我很困惑。

"那幢房子就是报酬，那房子很有趣吧？我在接受委托时看到那幢房子的照片，一眼就相中了。房子的位置很差，在山里，还被铁轨夹在中间，一般人也不会买，而且里面还死了人。长谷家用没人买的房子来抵我的报酬，心里早就乐开了花。"

我感受到副驾驶升腾起邪恶的气息。

"要是一年前的事情不能真相大白，考虑到自家的儿子，长谷家也不会轻易把房子让给我。而且又发生了新的命案，这个案子比较麻烦，无法马上锁定凶手。"

"果然你不知道真凶是谁。"

"你弄错了，我是说无法马上找到凶手，因为那幢房子并非密室环境。一群年轻人为了弄清一年前同伴死亡的真相重回那幢房子，结果又出现了新的死者。一般都会认为是凶手害怕同伴中有人发现一年前的真相而再下杀手，但是一年前生野死于意外，所以这种推理失去了逻辑起点，没有理由怀疑命案源自几个年轻人之间的恩怨。而且房子在空间上并非与外界隔离，两公里外就有车站，虽然在乡下，但是也在车站附近。你应该没有注意到，我到的时候，房子的大门没有上锁，就是说房子内部与外部是连通的，你知道这意味着什么吗？全国人，不，全世界人都有可能是嫌疑人，可能性多到无法使用排除法来锁定真凶，而我只知道犯人害怕蝴蝶。当然，害怕蝴蝶的人不多，可以海底捞针式地锁定犯人，但我想马上得到自己喜欢的房子。"

"那就是说……"我谨慎地组织语言，"你为了马上得到那幢房子，让同样害怕蝴蝶的生野'复活'，成了凶手？"

麦卡托微微一笑。

"这样一来，那几个年轻人也不会相互怀疑对方了，我觉得我的方法值得赞赏。"

"可得到房子的条件是弄清生野死亡的真相，这个你不是早就解决了吗？没必要大费周章编排谎言吧。"

"你是真的傻，神探怎么能住在留有悬案的房子里呢？发生在自己房子里的案件都没有查清楚，传出去只会被世人笑话。"

"那只鞋是从哪里找到的？先不提鞋底沾着花瓣，你不可能在那么短的时间里到车站附近买来……难道说从一开始你就预料到会发生这种事？"

麦卡托再有神通也不可能会预知凶杀案的发生，除非案子是他犯下的。

"说白了也并不复杂，鞋是我从那辆事故车那里拿来的。"

"事故车？你什么时候拿的？"

我没注意到并不奇怪，因为这种事情经常发生。

"但是我记得伤者被人用担架抬到救护车上的时候

穿着鞋。"

我记得那个受伤的司机穿的不是运动鞋而是黑色的皮鞋。

"那鞋在车后座下面。"

"后座？"

我的内心掠过一丝不安。

"那场事故的男子大概是在抛尸的路上发生的车祸。而且他没注意受害人的一只鞋落在了车里。"

"等等，那这鞋子不就是司机犯罪的铁证吗？你怎么把这个东西拿回来了？"

"如果那不是一起事故而是和凶杀案扯上关系的话，我还要去录笔录，耽误时间，那样的话十二点之前我是肯定没法履约了。"

我突然有一种不祥的预感。

"但是我看你没有拿包……"

麦卡托总吹牛说他的一根手指顶得上七种工具。我记得他在给那些年轻人看鞋子的时候，鞋子是装在纸袋里的。

"我把鞋子放到了仪表盘下的储物盒里了，我不想装到口袋里让我的衣服沾染尸体的气味。"

爱车的储物盒里竟然放了死者的鞋子，我感觉那里渗出不祥的气息。这车不能再开了，回去就卖掉，可上个月才车检过……

我抑郁了。

九州旅行

"有血腥味。"

麦卡托在公寓三层尽头的三〇一号房前停下脚步,我也租住在这一层。这幢公寓的结构特殊,每一层的一号房都在走廊转角的后面,比较隐蔽。因为这里远离楼梯和电梯,所以即便住在同一层,我之前也只在搬到这里的时候来过一次,那一次,我去了公寓的上上下下,包括天台。中介说一号房要比其他房多一个房间。

三〇一号房的门牌上只写着"仙崎"。我并不知道这位姓仙崎的邻居是男是女、年纪多大,虽然我们有可能曾经在走廊里擦肩而过。

话说回来,我和麦卡托为什么会在三〇一的门前呢?这就要从一个小时前发生的事情说起。

凌晨四点半,我家的门铃响个不停。因为买下九州全境的美梦被搅醒,我开门时毫不掩饰自己厌恶的表情,站在门口的是身穿晚宴服的麦卡托。

他嬉皮笑脸地进了我家的门,打开电脑,把光盘放进了光驱。

"你在干什么?"

"啊,我要打开一份文件,里面有和案子相关的重要信息。"

"用你自己的电脑不行吗?你的办公室里不就有一台高级电脑吗?"

可麦卡托一脸认真地说:"这份文件来历不明,要是电脑中毒就麻烦了。"

"你说什么?!那我的稿子怎么办?就快写完了!"

我也算是一个推理小说家,前一天晚上在赶一篇短篇小说,那篇小说快要到截稿日期了。

我连忙要拿出光盘,可是已经晚了。电脑屏幕上出现一颗没有生命力的老年人头,放声大笑,随即电脑就失控了,屏幕疯狂地闪烁,"嘀嘀"声响个不停,光驱弹出来又缩回去,这种无法控制的状态持续了一分钟左右后,电脑死机了。真是暴风雨后的平静。

"果然不行啊。"麦卡托耸了耸肩,仿佛他早就料到会是如此。

"什么果然!现在怎么办?"

我推开麦卡托,重新开机,鼓捣了三十分钟,最后重新安装了系统才让电脑恢复正常,所幸主机没有损坏,电脑中的文件也没有外泄,只是硬盘被格式化,呕心沥血完成的短篇小说被删得什么也不剩。

"看看你都干了些什么!下周就要交稿了。今天是周日,下周五就要交稿,只剩六天了!"

"难道你没有备份?真是老样子,做事不谨慎。"

我反倒被他说教一通,真是毫无道理。他用我的电脑来读取可疑的光盘或许称得上谨慎，但好像哪里不对吧！

"荒唐！"

这时，我想起来昨天早晨备份了稿件。我平时很少备份，这可以算得上是第六感了。究其原因，是因为我买了新硬盘想存些东西试一试，就把稿件和奇奇怪怪的视频一起储存到了新硬盘里。这么说来，只有昨天写的那一部分丢失了……我终于放下心来。

"怎么了？"

看到我的表情缓和了下来，麦卡托好奇地询问我。

"没怎么。"

我立刻含糊其词地回答，心里想着可不能就这么便宜了他。搞不好电脑以后都开不了机，必须狠狠说一说他。

"你不是下周才交稿吗？一周的时间足够重写了吧。"

看着他那事不关己、不慌不忙的态度，我用食指指着他说："一个月之后还要交一份稿，重写这份稿，那一份就来不及了，下周还要找素材，时间安排得很满。"

我的写作速度很慢，但是这一次我在截稿日期的前一周写完，不是因为预感到了会发生这种事情，而是由于下一份稿件的截稿日期就要到了。我还打着如意算盘，有时间的话可以去温泉玩两天，结果却发生了这样的事。我只是用食指指了指麦卡托而没有对他竖中指，完全因为我是一个讲文明的人。

"因为你那轻率又不负责任的行为，我可能赶不上下一个交稿日期了。"

我选择以德相待，可麦卡托并不买账。

"是否刊登你的小说不会影响杂志的销量，你只是一个小众作家。"

"问题不在于此，这关系到我的信用和收入，你怎么赔我？"

"说得真了不起，你还不是靠着写我的破案故事为生？"

麦卡托似乎突然想到了什么，打了一个响指。

"真拿你没办法，那我就给你的下一篇小说提供一个素材吧。"

"真的吗？！"我不禁反问道。

真是天上掉馅饼！本以为麦卡托肯定会装傻糊弄过去，没想到他还会这么让步。

"神探不会食言，可是给你讲陈年旧案麻烦又无趣，咱们这就去找新的案子。"

"就是你这张光盘牵扯到的案子吗？"

"不，想说清楚那个案子，短篇小说可不够，要耗费一千五百张稿纸的长篇小说才行。咱们去找找新东西。"

"现在就去？真能那么巧就遇到案子吗？"

"只要留心，随便哪里都能发现一两个案子，我只是没有被委托才不去多管闲事而已，但是经常会感受到有案件发生。"

麦卡托自信满满。俗话说狗出门有棒打,他这是侦探出门有案破。反正不管怎样,能成为我的写作素材就行,如果遇不到新的案子也得让他给我讲旧案。在我的小说里,麦卡托总是大显身手,他自然也不会反感。

我瞟了一眼放在打印机旁边的新硬盘,同意了麦卡托的建议。我只损失了一天时间来重写稿件,此外还要花一天的时间随麦卡托去找素材,这样一来时间就变得相当充裕,两天一夜的旅行不在话下,五天四夜的九州温泉旅行都不再遥不可及:别府、云仙、阿苏、指宿,一处处景点在我的幻想中清晰起来。

多亏了那个打折的硬盘,真感谢发促销传单的电器商店,我一边这样想一边麻利地换上了外套,当然,为了不泄露自己的心理变化,我全程都黑着脸。

就在要下楼梯的时候,麦卡托说:"有血腥味。"于是向着相反方向的三〇一走去。

"你闻到了血腥味?嗅觉灵敏得和狗一样。难道你是吸血鬼?看你的衣着打扮就像吸血鬼。"

我经常会和麦卡托一起去犯罪现场,所以知道血腥味是怎样的味道,可是我在门前用力地嗅,也没有闻到血腥味。

"我喜欢吃大蒜意面,而且没有睡在棺材里的癖好。"仿佛被我说中了一样,麦卡托极力辩解,不过对于衣着他没有辩白。

手表显示现在是五点三十分，天边已经泛起了鱼肚白，但仍然没有房客出门活动。租住在这栋公寓里的人主要是单身汉上班族，所以基本没有人会在周日的清晨起床，楼梯和走廊十分寂静。三〇一位置特殊，位于死角，看不到外面的情况，是一方由钢筋水泥凝聚而成的冰冷空间。

麦卡托毫不犹豫就按下门铃。

"喂！这个时间你……"

麦卡托太过无礼，可想制止他为时已晚，门的另一侧传来熟悉的门铃声。

"怎么了，别在意。"

"我当然在意，你不想想谁住在这栋公寓里。"

"你认识这间房的租客？"

"不认识。"我老实地回答。

"那不就行了。"

什么叫"那不就行了"？真是不懂。麦卡托再一次按响了门铃。

门内没有回应，万籁俱寂。不知道这个邻居是睡得太熟还是压根就不在家。我长舒了一口气，没有人像刚刚被吵醒的我一样黑着脸开门真是万幸。

真不知道麦卡托在想些什么，见没人应门，他就像回到自己的家一样，转动了门把手，门竟然没有上锁，一下子就开了，门链也没有挂上。

就连我也觉得有些不对劲了。如果是在牛比人多的乡下尚可理解，在城市里很难想象有人会在睡觉或是出门的时候不上锁。

门开了大半，在门口都能闻到浓烈的单身汉公寓味道，其实我的房间也是一样的味道。

可是我依然没有闻到麦卡托所说的血腥味。

"你好。"

在错误的地点、错误的时间，麦卡托向屋主打了招呼，随后就一步迈进了屋里，可是仍然没有人回应。

"果然发生了些什么事。"

他脱掉了皮鞋，踏上了木质地板。

"喂，要是屋主只是睡着了，你要怎么解释？"

"没必要解释，要是没事那就最好不过了。"

走廊一直延伸到屋子深处，尽头有一扇镶嵌着磨砂玻璃的门。在我租的那一间屋子里，玄关旁边就是厨房，这里果然和中介说的一样，房屋结构和我家不同。走廊的右侧有两扇门，好像分别是浴室和厕所，左侧有两扇日式拉门。麦卡托毫无顾忌地径直向玻璃门走去，说了声"我进来了"，没等对方回应就打开了门。

门里是二十张榻榻米大小的一室一厅一厨格局，右手边是厨房，左手边通往另一个房间的门是开着的，屋内没有开灯却很明亮，这是因为室外的光线从正前方的阳台照射了进来。房间的装修和家具都简单朴素，很明显，这就是单身汉的住所。

地面是木制地板，靠左的客厅铺着八张榻榻米大小的奶黄色地毯，墙上挂着大型号的液晶电视，地毯的中央放着一个被炉，被炉旁边，一个男子俯身倒在地上，背上插着一把刀。

"真出事了。"

我不禁要喊出声来，于是连忙捂住了自己的嘴，虽然经常来到案发现场，可我还是不习惯这种场面。

受害男子看起来不到三十岁，藏青色睡衣外面套着灰色睡袍。血从他的背上流出，在地板和地毯上形成了一摊血迹。来到这里，我也能闻到刺鼻的血腥味了。

"当然出事了，不然你以为我是谁？"

麦卡托如是回应我，蹲下身来观察尸体，吸血鬼眨眼间变回了侦探。

"大约死了一个小时了。"

"难道是你杀的？"

麦卡托正好是一个小时前来找我的。

"荒唐，那我为什么要管自己犯的案，如果案子破不了，岂不是有损自己神探的名声？"

"如果是你，可能强行捏造一个嫌疑人然后破案……莫非你就是为此才来找我……"

我这才注意到自己没有戴手套，而麦卡托早在按下门铃那一刻起就已经戴上了白手套。也就是说现场只留下了我的指纹。

"哈哈，无聊的笑话就别讲了，我可不会牺牲重要的朋友。"

"那我算是重要的朋友吗？"

麦卡托只是朝我露出笑脸，那表情像是在说：你很机灵啊。不过他并没有明确回答我的问题。

"你看，死者只有背上的一处伤口，这对于胆小如鼠的你来说是办不到的。一般来说，为了彻底杀死受害者，杀人犯会多刺几次，但是凶手或许是怕把血弄得到处都是，所以刀都没有拔出来。"

死者除了睡袍上插着一把刀，并没有其他的创口，地上的血迹也似乎只来自这个伤口。

"嗯……确实。"

如果是我用刀去刺麦卡托的背，确实会一直刺到他连手指都无法动弹为止，尤其是现在，想到写好的稿件被删干净，更要多刺几刀才对。冷静下来就不难想到血迹的危险性，但是凶手在慌乱的行凶过程中恐怕是不会冷静的。

"死者的女友有嫌疑。"

麦卡托突然说了这么一句，他的目光注视着电视旁的相框。照片上，受害人和一个二十几岁的女护士举止亲密地站在一起，看起来是情侣照。

"护士看见血不会轻易慌乱……可能是男女关系导致的命案。反正我看你可以根据这个案子写一篇稿子了。"

"一个杀人不眨眼的护士是凶手,你觉得就能写一篇小说了?现实如此倒是无可非议,可这样的故事哪里有趣啊?"

麦卡托扬起了一条眉毛说道:"没有我,你的小说都没有趣。之前那篇,五兄弟最后成了六兄弟,那是什么东西?不如早早结案收笔,还能节约纸笔。"

依旧是招人厌烦的口气。我虽然敬佩他那随便就能遇上命案的神通,但是不会轻易就让他糊弄。

"我想要素材,你别想用一个简单的案子来糊弄我,至少要发挥你的侦探的能力去推理、揭露真相。引人入胜的小说才有卖点。"

"真拿你没办法,那我就再帮帮你。"

麦卡托难为情地耸耸肩,再一次蹲下身来凑到死者身边。

死者的脚朝向厨房,头朝向被炉。左手在脸前,右手伸进了被炉中。

"死者的右手伸进了被炉中,你不好奇那里面有什么吗?"

他掀起了被炉的一角,里面很亮,制热系统还开着。这个被炉是光线可见的旧款式,红色的光线下,死者的右手握着一支马克笔。

"这是受害人的死前留言吧。"

可定睛一看,地毯上什么也没有写,被子上、被炉内侧的板子或是死者手腕处都没有字迹。

"难道是凶手意识到后拿走了？"

"有可能，你写几年侦探小说了？有更重要的事你没发现，这支马克笔没有被拿掉笔帽。"

"还真是这样……是死者想要写下死前留言却没有写吗？"

我为自己的愚蠢感到羞愧，但还是如是问道。

"死者伸展手臂，呈现一种要写字或是写完字的姿势。一般来说，伸手写字之前会双手搭配把笔帽拿掉，这里的顺序就很奇怪。"

"也许是死者被刺时很慌乱，忘记了拿掉笔帽。"

"这样的话会直接写在地毯上，可是你看他的左手，好像抓着什么东西。"

死者的左手在他的面前，大拇指和其他四根手指捏在一起，仿佛抓着什么薄薄的东西。

"也就是说死者在纸上写下了死前留言，但是被凶手发现拿走了？"

"很有可能。"

"那么为什么没有拿掉笔帽？"

"这目前还是一个谜。"

麦卡托没有急着下结论。

"也有可能是死者做事认真？写完字必须盖上笔帽，在写下死前留言后也是如此。"

"真想不到一个小字辈的侦探小说家会认真地说出这样的话，如果你真的这么想，就这么写也行。"

"我在开玩笑。"

"就算是玩笑话,水平也太低了。如果是那样的话,为了盖上笔帽,右手应该在左手附近,而不会是刚刚写完字的姿势,你也是一个心智成熟的人,开玩笑也要动动脑子。"

"你管得可真多。"

不知道麦卡托是否听到了我的话,他没有回应,开始小心翼翼地拔掉笔帽。因为要从被炉下死者的手中拿出笔帽,所以这一系列动作并不流畅,但麦卡托十分注意保护现场。

"笔尖上什么也没有,死者应该没有在特殊纸张上写下死前留言。"

确认过后,他又盖上了笔帽。

"终于有小说的样子了。被拿走的死前留言、没有被拔掉的笔帽,这些都是谜团。只要你能快点揭露真相,我就能记到笔记里当我的素材了……侦探小说还是要看真相是如何被揭露的,要是破案过程无聊那就没有意义了。"

九州之行似乎近在眼前,我不禁有些喜形于色。而麦卡托却突然露出讽刺的笑容。

"真相是否符合你的期望,我作为一个侦探无法决定,因为案子是凶手犯下的。你总是在小说中把我描写成毫无人性的、冷酷的人,可你不也是只想着眼前的小说,见到尸体却忘了市民义务去报警?"

"我知道了,这就报警。"

没有比被麦卡托训斥做人道理更加丢人的事了,我的内心满是耻辱,准备打电话报警。

"好!丸柱扑救成功!"

突然听见陌生男子的叫声,是充满激情的叫喊,我猛地回头,屋子里当然没有其他人,那是电视里传来的声音。

"伊那选手的任意球揭开了反击序幕。"

原来是解说员的声音,电视在播放足球比赛的概况。

"是你打开的电视?这种情况还看电视。"

不知什么时候麦卡托走到了厨房,他也一脸惊讶。

"不是我,电视原本就开着吧……不过这就有意思了。美袋,你可以晚一点再打电话报警。"

"怎么了?你不是说市民义务……"

"你会知道原因的,你不是想给你的短篇小说加些料吗?"

他的态度不能不让人多想,我犹豫了一会儿,说道:"那好吧。"

我对温泉没有抵抗力,甚至不惜放弃好市民的人设。

麦卡托满意地点点头,用被炉上的遥控器关闭电视后再次去往厨房。死者或许想吃夜宵,烤箱里有一块形状整齐的烤面包,虽然已经凉了。作为凶器的万能菜刀原来应该放在水槽旁边的刀架上,可以放两把菜刀的刀架上如今只有一把厚刃尖菜刀。

"凶手真的是死者的护士女友吗?"我问。

"那是一种可能,即使不是护士,冷静的凶手也会选择不把刀拔出来的。"

反正我是不可能那样冷静的,这一点我很清楚。这时,玄关那边传来了啪嗒一声。是凶手回来了?我不禁摆好架势迎敌,可之后就悄无声息了,我战战兢兢地前去察看情况,看到门上的投信口插着报纸,原来和我订阅的是同一家报纸。

"报纸每天都是这个时间送来吗?"

麦卡托在我的身后问道。

"对,六点左右。"

我看了一眼手表回答他。

"送报员没有意识到这里的订阅者已经死了,隔着一扇门就闻不到血腥味,看来他也不适合做侦探。"

我想,这世上一千个人里都未必会有一个人愿意做侦探,但是我没说出口。

"咱们去看看隔壁的房间吧。"

客厅的隔壁是八张榻榻米大小的卧室,角落里有一张单人床,床上的被褥乱糟糟的,像是主人刚睡醒后没有整理一样。看起来死者的女友并不在这里过夜,不知道是在同居前作案,还是作案后清除了同居的痕迹。卧室里有书架和书桌,所以应该是兼作书房。墙上挂着上班穿的西服,与客厅一样,卧室没有被弄乱。

卧室的隔壁还有一间面积相同的日式房间，与走廊之间用拉门隔断开来，正好位于走廊的左侧。屋内的墙上安装着铁架子，上面主要陈列着杂志和漫画。屋子中央铺着一张榻榻米大小的拼图，虽然只拼成了一半，但是基础的外侧已经拼完，旁边有拼图盒子，盒子上标着：法隆寺，五千块碎片。

我没有拼图的爱好，所以也不知道五千块碎片是怎样的难易程度，不过，不管是从大小还是从碎片数量来看，这是我花一辈子都不能……不，是不愿意拼的东西。另一面墙上，挂着两幅装裱好的拼图，不过只有法隆寺拼图的一半大小，主题分别是姬路城和东照宫。

"哦，原来死者喜欢拼图，这种爱好并不多见。"

麦卡托似乎很敬佩死者，蹲下身来观察尚未完成的拼图。

"你也拼图？"

"把支离破碎的碎片复原成统一的图案很有趣，不过和逻辑推理相比，只要有耐心，谁都可以拼图，这样的兴趣还是算了吧。"

我就猜到他会这么回答。

"话说回来，你想找小说的灵感，对吧？"回到卧室，麦卡托又问了我一遍。

"对，怎么又问，你知道真相了？那就马上告诉我。"

大清早就被叫醒，电脑死机之后又发现尸体，一系列大事赶跑的瞌睡虫此时又回到了我的身上。不过,收集好素材就能回被窝里睡觉,睡醒了就去九州泡温泉!但我毕竟没有勇气钻进眼前的被窝里。

"不要这么着急,心急吃不了热豆腐嘛。我已经有头绪了,真相大概就是那样,不过还需要三个小时验证。"

"三个小时……为什么?"

一个神秘的时间点出现了。

"到时候你就明白了,线索全了未必就是真相。"

"慎重……这可不像你,倒像是真正靠谱的神探。"

"我做事一向慎重。"

麦卡托伸手摆弄了一下礼帽的帽檐,我接受了他的建议。

"啊,现在还不报警吗?"

我们进到这间屋子已经过去了三十分钟,很明显,如果被人知道了,警察那边就不好对付了。

"我无所谓,就怕你不好办。"这话让我摸不着头脑,"为了自己的信用和收入,你是想尽可能写一篇有趣的小说对吧?"麦卡托的表情特别认真,还引用了我的原话。

"嗯,对……"

"现在报警,你能写一篇不错的小说,但如果你再等三个小时,肯定会有一篇有趣的名作诞生。侦探小说家美袋三条会怎么选?"

感觉他在试探我。我当然会选择后者。

"我想先确认一下,不会因为现在没报警,事态就发展成连环杀人案吧?你说的有趣不是指事态变严重吧?"

麦卡托嘴中的好事往往都伴随着圈套,我认识他这么久了,他没少让我吃过苦头,所以这一点我还是很清楚的。

"不会,这个案子不会再出现死者了。看来你是一点儿也不信任我,不过,你的稿件被删光,我是真心觉得对不起你。我确实做得有些过分了,所以我现在帮你编故事。"

"编故事?"

"对,就是把真实事件写成小说时的润色。现在想好了,之后你写的时候就轻松了。一旦警方接手,就不会告诉我们受害者和凶手的详细背景。一个月后你就要交稿了,总不能等到公审的时候才去了解案件全貌吧。"

确实如此,不可能将案件原原本本地写到小说里,所以有必要虚构,但是完全的虚构又站不住脚。正所谓虚虚实实,虚构中插入现实,小说才有真实感。到目前为止,所有以麦卡托侦破案件为原型的小说,我都采用了这种写作方法,不过编故事之前必须要了解真相。

"你的意思是要帮我增加细节?"

"就当作是我给你赔罪了。我想告诉你,我过去也写过推理小说,可能是因为不习惯,所以花费的时间之久超出我的预料。"

麦卡托表情微妙,眼睛向下看。没想到他还有这种心思,真是可圈可点。有他帮忙填补小说细节,九州之行的日程就更加宽裕了,不止是九州,归途没准还能去道后温泉。

"好,我信你,电脑中病毒的事就不和你计较了。"

我伸出手,麦卡托没有脱下手套直接紧紧地握住了我的手。

"我们讲和,那么从哪儿入手?"

"首先是人物设定。反正你要过几个小时才会和我解释真相,那就只能从人物设定开始了。"

"好,屋里的名片上写着'仙崎克典',小说里会换个名字,不过暂且就用真名称呼死者吧。他在青板电气公司的销售部工作。"

青板电气公司是总部位于大阪的著名企业。

"未婚,女朋友来玩,女朋友名字叫长门市子,是一名护士,家庭成员构成不明。"

麦卡托坐在床边,跷起腿来。

"长门市子是真名吗?"

"死者的手机里与长门的通话记录最多,而且在合照中,女子的名牌上写着长门。"

那就应该没错了。

"此外,死者好像是爱媛县人,厨房里放着伊予柑橘的纸箱,应该是从老家寄来的。死者的朋友似乎不常来这里做客。"

"这你都知道?"

"打给死者的市内联系电话很少,而且电视柜上的游戏机只有一个手柄,女朋友似乎不玩游戏。"

"这有些牵强了。"

"没关系,反正没必要是事实,错了也没关系。"

"啊,那倒是。"

不知不觉间,我感觉自己像是竖起耳朵在听麦卡托揭露真相。如果写成小说,游戏机只有一个手柄确实是个不错的细节。

"死者工作顺利,有闲情逸致来拼图。"

"有没有可能只是摆摆样子?"

"看包装盒就知道这盒拼图是一个月前发售的。他是一个做事认真规整的人,房间井井有条。"

"无可厚非。"

"而且待人友善。钱包里没有小额硬币,应该是把便利店找的零钱都捐了。"

这些都是比较模糊的解释,不过这很新鲜,没准麦卡托比我还有编故事的才能。

"这样的人,朋友会少吗?"

"有很多人性格敦厚却不善于与人打交道,死者可能性格内向。你还可以再随意多写几笔,死者父母是老家有头有脸的人,死者工作后父母也会给他些零用钱。虽然在知名企业工作,但是对于不到三十岁的年轻人来说,住在这栋公寓,负担还是有点重,要是你那间小屋子倒还说得过去。电话旁放着保时捷的钥匙,如果有父母的经济支持就说得通了。"

"有可能,对死者的性格描写这些就够了。接下来是杀人动机。"

"一定是激情犯罪,选择用刀行凶,沾染血渍就不可避免。如果是有预谋的犯罪,那凶手应该会考虑其他的作案方式。如果凶手没穿衣服无所谓沾染血渍,那就应该多刺几刀直到死者毙命为止才对,而实际上,死者遇刺后还有力气留下死前留言。此外,凶手没有选择刀架上的厚刃尖菜刀,而是拿了万能菜刀。如果冷静下来,就能判断出厚刃尖菜刀更具杀伤力。"

"果然凶手是死者的女友。"

"可能是吧,我们就暂且把死者的女友当作凶手,作案动机定为劈腿或分手导致的矛盾,即所谓的情杀。"

"那就选择分手吧,这样涉及的人物会少一些。"

"可这样嫌疑人的数量也就少了,没关系吗?"

这是我没想到的,我有些犹豫,目前来看,嫌疑人只有长门一个人。

"是嘛……那就选择劈腿吧。"

我的语气并不坚定,这时才想起来昨晚我写的短篇小说里的杀人动机就是主人公劈腿。虽然投稿的杂志社不同,可两篇小说中的杀人动机相同会让别人觉得我没有创意。不过只要之后再虚构一个迷惑读者的第二嫌疑人就可以了。

"不，还是选分手吧。"

看我决意如此，麦卡托也欣然同意，那个唯我独尊的麦卡托竟然把最终决定权交给了我。或许他真的在反省自己的错误。

鳄鱼也有流泪的时候……不，还是有些不同的，就在我感慨万千的时候，麦卡托慢慢站起身来，说道："那我们开始吧。"他拍了拍屁股上的灰尘。

"开始什么？"我不知所措地问。

"短剧，再现杀人情景会给你写作灵感。"

这是我未曾设想的方法，不过听起来很有趣，我考虑了十秒钟左右，决定接受他的提议，没准我能写出一篇风格迥异的小说，内心竟有一丝小期待。

"长门市子和往常一样来到三〇一，一年前她与仙崎结识，联谊会上相识的设定就可以。案发前一晚，仙崎突然提出要和她分手。"

在一段说明之后。

"我们分手吧。"

麦卡托进入了角色，他扮演仙崎。我不知道仙崎当时是怎样的声调、怎样的口气。

"为什么？"我配合他，用假声模仿女人说话。这段对话实际上应该发生在客厅，不过我们现在就暂且在卧室复原场景了。

"因为……"麦卡托吞吞吐吐,"我喜欢上别人了,而且……"

"而且什么?"

我装作生气地问道。

"你周末要上班,我们总是没法见面。"

"这我也没办法啊,我的工作就是这样,医院人手不够啊。"

"没人陪我很寂寞,而且我的领导给我介绍了一个姑娘。"

"你是为了晋升吧?"

我觉得有些胡来,但还接着麦卡托的话编下去。有些本格推理小说的杀人动机很敷衍,我们这种也还可以,常见易懂,不用复杂的说明。不过,在现实生活中,分手时不会自己火上浇油,但是没关系,等我写稿时改改就可以了。

"嗯,对不起,我们分手吧。"

"你竟然……"

"对不起,我四月份就要调去东京上班了。"

"你是不是一开始就不打算和我结婚?还说什么搬到这栋公寓是想和我住在一起,都是谎话!你就只想和我玩玩。"

我故作媚态,还装作哭腔,觉得用短剧还原案情有点意思,突然想起来附近的一家艺术学校里有表演班可以报名。

"对不起，我会和父母商量，赔给你一笔钱的。"

"你想用钱解决问题？"

"嗯，我觉得对不起你，但心意已决。"

麦卡托微微低头，转身用后背对着我，这是让我动手的暗号吧。

我立刻走到房间的角落，假装手里有刀，刺向麦卡托的背，虽然说没有刀，不过刺杀麦卡托的感觉真不错。他喊了一声，蹲下身去。

虽然我很想连续刺上两三下，不过还是根据实际情况只刺了一刀就停下后退。接下来我该做什么？麦卡托说凶手十分冷静，所以我首先擦掉了刀柄上的指纹，因为是情侣，所以屋子里留下指纹也没有什么不自然的，但是应该擦去案发当日留下的指纹，比如厕所和大门的把手，用过的杯子也要洗干净。

把房间里自己来过的痕迹都"清除"后，我回到麦卡托那里，看到他把右手伸到了床下，就像死者的动作一样，床代替了被炉。因为被炉有被褥遮挡看不到里面，所以床也有"被褥"，我做出掀开"被褥"的动作，看到"死者"的左手抓着一张纸，那是写给快递员的便条，告诉他今天早上九点以后再配送。

"这张便条原来放在哪里？"我回到现实，问麦卡托。

"就在被炉上面，你没注意？"

"尸体"说话了，语气还很没礼貌。我把便条揣进衣兜里，走到隔壁的日式房间装作逃离三〇一。路上又想起来忘记盖上马克笔的笔帽，这是最重要的。

"话说回来，长门为什么非要盖上笔帽？"

我问倒在卧室的"尸体"，麦卡托慢慢地爬了起来。

"距离真相大白还有一段时间，你自己想想如何？写小说，现实的真相未必重要，通过假说自圆其说才是最重要的，我不能连假说都帮你想。"

"那倒是。"

麦卡托的话很有道理，也带着一丝呵责：不要坐享其成，这点事自己去想。

"你看了拼图不觉得奇怪吗？一般来说，拼图是从四角开始向中心拼吧？这幅拼图已经完成了一半，可是右侧却缺了一块，拼图碎片的数量真的对吗？要破案我必须出去一下，这期间你思考这又是怎么一回事。"

"好。"

我点点头，首先思考起笔帽的疑点，如果这是案件的关键，那么小说必然要对此展开描写。如果我是凶手，为什么要这么做呢？

我首先想到这是为了隐藏死者写过死前留言的事实。麦卡托曾说过，现场有死前留言说明是熟人作案，那么第一个被怀疑的对象就是我所扮演的长门市子。两人之间的恋情不可能藏得住，如果故意隐瞒两个人的关系，那么合照应该也要处理掉才对。调职和领导牵红线的事只要去公司问问就知道了，警察也会怀疑仙崎为了升职而抛弃长门。

死者会在死后两小时左右出现尸僵，马克笔还不至于拿不下来。一般人应该也不会有这种知识……啊对了，"我"是一名护士，不过护士又怎样呢？

那就假设凶手没想到要改变死者留下死前留言的动作吧。我确信会是这样，因为刚刚我在"杀死"麦卡托后就根本没有想到这一点，仅仅取走留有凶手名字的纸就费了好大劲了。

那么笔帽为什么是盖上的呢？我心想，反正这是一条暗线，不一定必须是宏大的假说，于是想出了好几个解释。

最先想到的是：地毯很贵，不能让裸露的笔尖弄脏地毯，可是血早就沾染了地毯，所以这不合理。还有可能是凶手在拿走写有死前留言的纸时，不想让笔尖弄脏自己的手，就先盖上了笔帽……还是有些说不通。如果有猫的话，怕猫舔笔尖……可这里没有猫，这栋公寓不许养猫。上个月，两个住客偷偷养猫，事情败露，和公寓管理员吵了一架后就被赶了出去。

那就可能是性格问题，"我"是一个做事严谨的人，忍受不了笔帽不在原本的位置上。而仙崎也是个严谨的人，严谨的人和粗心的人没法走到一起，所以很可能两个人都严谨，而"我"出于习惯盖上了笔帽。

如果是这样的话，笔帽也有可能是仙崎盖上的吧？不对，如此一来，仙崎的两只手应该在同一位置。麦卡托说得对，只可能是"我"盖上了笔帽。

总之，可以写成严谨的长门没有多想就盖上了笔帽。要是再有一两个假说就好了……那就更像悬疑小说一些："我"一定是嫌疑最大的人，盖上笔帽就能洗刷嫌疑或许是不错的选择。

嗯？如果笔帽没有被拿下，那么警方很可能认为是别的什么凶手故意伪造了死前留言，可这样一来就难以解释为什么找不到死前留言了。在纸片上写下"长门"，盖上笔帽，可以误导警方——笔帽被动过手脚，死前留言不可能是真的，"我"自然被排除在嫌疑之外，这虽然是一招险棋，但总比什么都不做要强得多。可现场找不到写有"长门"的纸片，嫌疑没有排除，这是因为担心笔迹暴露真相吗？不对，这样一来就和笔帽的情况相矛盾了。

不过这种猜想很有意思，可以作为小说中配角的胡乱推理。

又或者是别的什么人拿走了"我"伪造的死前留言？可是没有人报警，而且纸片上写的是"我"的名字，不会威胁到其他人。难道是拿走纸片的人真的认为那是仙崎写下的留言，拿走就能包庇"我"？或是想以此威胁勒索"我"？无论出于哪种原因，拿走纸片的人为什么不报警？是因为他藏在房子里也想要杀掉仙崎吗？不，这样的话应该把死前留言留在现场。这种假设只会让故事变得复杂，我决定还是用简单的说法。

思路陷入僵局。我把手伸进口袋里，指尖碰到了那张写给快递员的便条，突然想起来快递员九点会来。麦卡托在六点钟说三个小时后会真相大白。难道快递员与这起命案有关？从侦探的言行来倒推猜想，这顺序有悖常理，不过我可以在写作时蒙混过关。

快递员与这起命案又有着怎样的关联？"我"是快递员？不，"我"是护士。护士的工作够忙了，不可能还做兼职。那么是快递员拿走了死前留言？不可能，五点半的时候我和麦卡托已经确认了屋子里没有留言。我想了好一会儿还是没有得出结论，只好换换思路，开始考虑拼图的谜团，未完成的部分等到一边泡温泉一边思考也未尝不可，要知道，人在放松的时候会想出好点子。

法隆寺，又是一个硬核的兴趣点。死者做事严谨、性格内向，心地善良，开着保时捷，喜欢寺庙或城池的拼图，为了出人头地果断抛弃恋人，老家是橘子纸箱上的爱媛县。总觉得他的人物形象有些分裂，在我的小说里必须整合一下才行。

我再次看向拼图，正如麦卡托说的一样，只有拼图的右侧缺少了一块碎片。从理论上来说，似乎没有必要最后才拼这一块，因为拼图的第一步就是找出边角的碎片。

我检查了放在不同盒子里的拼图碎片，它们是按照颜色分类的，没有找到缺失的那一片。而且屋子里也没有,房间里很整洁,似乎也没有掉落在其他东西的缝隙之间。缺失的一块拼图和这起案件有关系吗?我突然想仔细地查一查是否还有其他缺失的拼图碎片?碎片一共有五千一百四十六块,是六十二乘以八十三规格的。我把已经完成的部分计算了之后,数了数剩下的碎片有三千一百二十七块,又查了查盒子里的碎片,有两千零一十八块,合计是五千一百四十五块,确实只缺了一块碎片。是犯人拿走了那一块吗?或许是因为那一块沾到了血迹而必须处理掉吧。

看了看手表,已经是八点四十分了。我全神贯注地数拼图碎片,不经意间已经过了这么久,眼睛累得疼痛起来。

不过话说回来,麦卡托去哪儿了?他说自己要去隔壁看一看,但一直没有回来。卧室里万籁俱寂,外面开始热闹起来,反而显得屋子里十分安静。仔细想想,我已经在这间屋子里和一具尸体单独相处了两个多小时,突然觉得一阵寒意袭来。这个时候,裤兜里响起了《女武神的骑行》的音乐。

那是我的手机铃声,我连忙接通电话,电话另一端传来麦卡托的声音。

"差不多到时间了。"

"你现在在哪儿?你都离开两个小时了。"

"不用担心,我没走远。你想好小说的情节了吧?

两个小时足够了吧。"

"说得轻巧，我不知道长门为什么盖上笔帽，故事写不下去了，我还数了拼图碎片。"

"果然数了，我就知道你会这么做，结果怎么样？"

麦卡托与平时一样，声音洪亮地提出问题。这语气让我想到了他那奸诈的一面，一丝疑虑浮上我的心头。

"只少了右侧的一块，这和案子有什么关系？"

"那一块在我的口袋里，我蹲下来检查尸体的时候藏起来的。"

"喂！"

我怒吼一声，完全不顾是否会被邻居听到。

"所以你在哪儿？现在回不来吗？"

"这个嘛……"我觉得麦卡托在电话那一端高兴地点头。

"一分钟内就能过去，我一直在你家。"

"你说什么？你不是因为寻找破案的关键才离开的吗？"

"接下来发生的事才是关键。"

麦卡托压低声音说道。

"开什么玩笑！那我也回家等！"

"你不想知道真相吗？"

"真相？"

"对，我不是和你说好了，要给你的小说提供素材吗？"

我本来已经起身，听到这句话就又坐了下来。

"你说的是真的吗？"我又向他确认了一遍。

"那当然，我和你约定好了，而且如果遇到命案置之不理，别人会怎么看我？我可是神探。"

麦卡托自诩神探，有极强的自尊心，不管他能否遵守对我的约定，他的后半句还是值得一信的。

"那我问你，长门为什么非要盖上笔帽？"

"为了不让墨水凝固。"

麦卡托不假思索地回答，就像在说一件特别常见的事。虽然他不在我的眼前，但是我能感受到此时的他十分得意。

"你可能误会了，觉得是凶手盖上了笔帽，而实际上笔帽根本没有被拿下来。"

"你的意思是凶手只是让死者握住盖着笔帽的马克笔？为什么？"

"你还记得之前……"麦卡托突然停下，不过又接着说道，"电视突然开始播放节目吧？那大概是因为电视设置了定时播放。"

"我没有用过，不过电视应该都有这个功能。"

"那么，电视为什么会被设置成定时播放呢？这或许是因为邻居在听到电视声后就觉得仙崎起床了。"

"为了制造不在场证明吗？但是电视设置在六点钟之前播放，那个时间段大家都在睡觉，没人会听到吧。"

用设置电视定时播放来制造不在场证明的可能性太

低了,无法写进小说,我对此表示反对。

麦卡托则表示:"这当然不是凶手的主要手段,不过是为了保险起见这样做的,即使没有人听见电视声也无所谓,只要警察相信死者是六点钟起床后被杀就足够了,被褥乱糟糟,早餐面包还在烤箱里。"

"这太难以令人信服了,警察可没那么容易相信。"

"所以才有死前留言。报纸是早上六点钟送来的,如果死者被发现的时候,手中拿着今早的报纸,上面写着凶手的姓名,会怎样?即便有警察怀疑留言的真实性,但也肯定不会质疑留言的时间——写于凶杀发生之时至有人发现现场之间。所以凶手想办法证明自己这段时间不在现场就安全了。"

原来是双重诡计,这确实可以写进侦探小说中。

"但是,报纸现在还在报箱里,也就是说长门还会回来布置现场?"

"我们碰到的是布置一半的杀人现场,你不觉得很幸运吗?凶手在行凶后隔上一段时间来到现场装作第一发现者,在今早的报纸上写上自己或者别人的名字,再把报纸放到死者的手里。用模糊的笔迹写下自己的名字或许是更有效的,自己有不在场证明,所以无所畏惧。"

"那就是说长门马上会……"

"不是马上,而是十分钟以内,你看到那张写给快递员的便条了吧?如果快递员先来看到门口的报纸,凶手计划的不在场证明就泡汤了。好在三〇一的位置偏僻，邻居看不到。而且没有朋友来探望死者，凶手只需要担心快递员，所以凶手必须赶在九点之前拿到报纸。要扩大死亡时间的区间，就要尽可能让人晚一点发现尸体。本来计划半天，可是因为快递员，计划落空了，对凶手来说，在九点钟快递员来之前回到这里是最好的选择。"

麦卡托冰冷的语气像是在宣告死亡，我连忙看了一眼手表，八点五十分，还有十分钟就到九点。

"喂！你想干什么？按照你的推理，长门不是马上就到了吗？"

"应该吧。我答应给你提供写作素材。杀人犯和推理小说作家的相遇，把这段经历写进小说，肯定会大卖。"

"你为什么要给我下套？你难道没有反省自己今天早上太过分吗？"

我听见麦卡托不屑地哼了一声。

"是你想给我下套吧？你觉得我没注意到你看到外接硬盘后放心的表情吗？我遵守了约定，删除你的稿子，补偿素材。我已经提供素材了，现在我要删掉你的稿子，不过你放心，我还把硬盘里的古怪视频发给你的编辑了。"

九州啊九州，不，现在还谈什么温泉，必须马上离开这里，不知道凶手长门什么时候会回来。

"开什么玩笑！"

我连忙向走廊跑去，打乱了还没拼好的法隆寺拼图，不过我已经不在乎了。

但就在昏暗的玄关处想要穿鞋的时候，门把手缓缓地转动起来，仿佛开门的人本来就知道门没有上锁。

长门来了！

门慢慢地开了。我的四肢开始僵硬起来，完全无法动弹。根据屋子里的照片，开门的人应该是一个年轻的女子，矮个子，体形纤弱，她为了成为现场的第一发现者，应该不会携带可以成为凶器的危险武器。

手机中传来麦卡托冷冷的声音。

"我忘记说了，你刚才一直认为凶手是长门，但那可不一定，长门只是你小说中的假想凶手。"

门完全开了，门外站着一个体格硕大的中年男子，他的眼中满是惊愕和疯狂。

收 束

1

"厉害吧!"

寺尾贤一边说着,一边悄悄地把手伸进法衣的内口袋,小心地握住手枪。

"真的有这本书呢!"

岩室耀子坐在书桌前,认真地翻阅《卡特极纳经》。据说读过这部经的人,会像被钉死在各各他山而后复活成神的耶稣基督一样,成为无所不知的神。宗主小针满英五年前得到了这部梦幻的经书,据说它出自大正时期某位宗教家之手。

"说实话,我都开始怀疑宗主说的了,心里想着真的有这样一部经书吗?跟你来这里见到真迹真是太好了。"

耀子的语气掩饰不了她的兴奋,她的视线扫过一行行的字,却完全没有注意到身后的寺尾的举动。半夜被叫醒的耀子本来一脸不高兴,不过听说寺尾带自己去看《卡特极纳经》,便毫无疑虑地随他去了。

成为神,就能够领悟万事万物的真谛,就能够从人的沉重躯壳中解放出来。

"寺尾哥你也读过了吗？"

"啊，当然。又不是中东的魔灯，使用人数和次数有所限制，读过这部经的人都能得到幸福。"

"是啊……"

耀子扎起油亮的黑发，仍然没有回头。

这部《卡特极纳经》应该是真迹，不过虽然是真迹，也不是所有读过的人都能成为神，只能是那些有资格、被选中的人。

而耀子似乎忘记了这一点，她一改往日的战战兢兢，变得兴奋不已，看来她似乎认定了自己就是被选中的人。

寺尾当然是不信的，和五年前他随小针来到这座岛的时候不同，他的信仰现在已经消失了。

三个月前，他梦见了四眼四手的神向他预言："明天神启会降临，你会从无尽的迷途中觉醒。"第二天早上醒来时，他只觉得那是一场噩梦。不过那天夜里发生的事改变了他的世界：喝醉的耀子来到他的房间发牢骚。

寺尾还是第一次见到耀子烂醉如泥。喝醉后来到男人的房间无论发生什么都不奇怪，可是耀子却全无警戒，不过她并非投怀送抱，而是像谈心一样，来找信徒中威望最大的寺尾发牢骚。

耀子针对的是内野功。寺尾隐约察觉到两人之间有着男女关系。耀子说内野对自己很过分。

寺尾恰如其分地应答，耀子一脸忧愁地嘀咕："这都是报应。"

在这座岛上，打听对方的过去是禁忌。不过这一次耀子喝醉了，寺尾顺着话题自然而然地询问起来，耀子坦白自己在中学时代曾霸凌同学并导致其自杀身亡。

耀子和这个自杀的同学原本是好朋友，可班级中有小团体欺负这个姑娘，霸凌愈演愈烈，如果耀子不加入霸凌的一方，自己也会被欺负。

这是常见的校园故事。

耀子背叛了好友，向团体告密她的好友暗恋其他学校的男生，而好友只向她一个人说过这个秘密。

霸凌者们很快就开始拿这件事捉弄耀子的好友，去告诉好友的暗恋对象，用手机录下那个男生表现出的反感，拿给那个可怜的女孩看。

第二天早晨，耀子的好友就跳下电车站台自杀了。

耀子一直将这件事尘封在心底，从未和他人说过，这一次倾诉就像是开闸放水，她把事情的始末全都说了出来。

寺尾压抑内心的愤怒，不露声色地听耀子报出学校的名字。

就是寺尾自杀的妹妹所在的那一所中学。

醉意全消。

从那天起，寺尾开始变得迷茫。父母在妹妹出事的三年前离婚，妹妹和母亲一起生活，开始时，他和妹妹每个月会聚在一起吃一次饭，不过渐渐地，半年都见不上一面。在妹妹自杀前三天，寺尾突然接到了妹妹的电话。

"哥哥，你有好朋友吗？"

他记不清自己是怎么回答的了，本来想瞒着父母去见妹妹一面，可妹妹自杀的噩耗抢先一步传来。他只知道妹妹因为失恋自杀，却不知道背后的真相。不过现在他全都清楚了，学校为了名声隐瞒了存在霸凌的事实。

寺尾恨自己没能挽救妹妹的生命，与父亲闹起矛盾，上大学后就再也没有回家，可他依旧对生活迷茫，而后结识小针，追随小针来到了这座小岛，他没有想到，三年后来到这里的耀子就是背叛妹妹的人。

耀子不是挑起事端的人，从某种意义上说她也是受害者。寺尾明白这个道理，可是他仍旧没法原谅耀子，无法抑制心中的杀意。

寺尾意识到小针宣扬的不是真神，唯一的真神是梦中出现的四眼四手的异形神。他从内口袋里掏出手枪，耀子依旧没有注意到死神向她靠近……

耀子做梦都不会想到姓氏不同的两人竟然是亲兄妹。寺尾把枪口贴近耀子的太阳穴，而后毫不犹豫地扣下扳机，如果等耀子缓过神来回头就晚了。手枪装了消音器，所以几乎没有枪声。

耀子没来得及尖叫就已经死于非命，倒在桌子上，由于枪的作用力，耀子稍稍有些倾倒，血液从太阳穴处缓缓流出，沾染了她的脸颊，恐怕她至死也不会想到自己是被枪击身亡。

寺尾确认耀子气绝后，打开面前的窗户，把枪塞进耀子的手中，又朝着窗外开了一枪，十米之外就是广袤的太平洋，飞射出去的子弹最终会沉入海底，永远不会被人发现。他只捡起一个弹壳，放进了口袋。

这样一来耀子的手上就会有硝烟反应，从而伪装成她是自杀身亡。

好在《卡特极纳经》没有溅到血渍，一瞬间，寺尾想要拿走这部经书。虽然它对自己来说已经宛如空壳的神像，但是在过去的五年里，它都是自己的心之所向，寺尾仍然有些放不下。

不过他斩断了留恋，如果经书丢了，这里就不像是自杀现场了，他必须制造一种假象：耀子把《卡特极纳经》看作是最后的希望，读过后自杀。

而他现在是在守护真神，是神以偶然的形式把圣室的钥匙给了他。

寺尾没有关台灯，转身离开了圣室，小心地锁上了门。

外面的风依旧强劲，不过雨已经停了。

2

圣室里的台灯亮着，厚重的窗帘拉得严实。

周遭一片寂静，内野功坐在书桌前认真地阅读《卡特极纳经》。

真理真的存在吗？与内野不同，耀子对此保持怀疑，而且事到如今领悟真理也毫无用处了，因为自己的身体已经被玷污，就是被眼前的内野……

半年前，耀子被夺走了贞操。那是半个月一次的离岛日，耀子被内野邀请去看电影、吃饭，因为是教友，而且平日里，内野表现得很软弱，耀子掉以轻心了。

侵犯没有发生在岛上而是在陆地，或许是内野仅存的良心了，可这绝不是为耀子考虑，而是怕陷自己于不利，因为他依然信奉小针创立的宗教。内野在耀子的酒中下药，带晕倒的耀子去酒店……

耀子每次想到这件事就不住地颤抖。回到岛上后，她才知道自己一丝不挂的样子被内野拍成了视频。

内野扭曲着原本就歪斜的嘴唇，得意地把照片递给耀子，那样子令人作呕。

看到照片的耀子仿佛被钉在原地，动弹不得。

内野成了耀子的暴君，他在其他人面前依旧是那副软弱的模样，只有在对待耀子时像是暴君附身了一般。他的良心消失得无影无踪，甚至在岛上也敢侵犯耀子。如果耀子能够感受到丝毫的爱意或许还能得到些安慰，可是在内野看来，她只是工具，是不值得同情的人偶。

因为在内野心里，卷直美才是白月光，在他眼里，直美宛若圣母。两人是否发生过关系不得而知，不过直美被关屋博和夺去，内野因此把耀子当作发泄的对象。

其他人都为了信仰而每天精进，只有耀子独自活在深渊地狱。

耀子没有逃走，一是因为她被录了像，二是因为她仍旧信奉小针的宗教，相信小针能够净化她的罪孽，净化那时刻在内心深处感到刺痛的往日罪过，她愿意为此花费时间。

不过内野的暴行愈演愈烈，她的信仰也越来越不坚定，而且她发现自己已经有了身孕，放肆的内野根本不会采取避孕措施。

耀子再三犹豫后还是和内野说了自己怀孕的事，可他只是"哼"了一声并让她流产。耀子忘不了他冷酷的目光。

内野还说："宗主过去也让女信徒怀孕并使其流产。"

这句话压垮了耀子。虽然他的话无从求证真假，可对耀子来说，真假已经不重要了。

从那之后，耀子忍受着地狱之火，寻找报仇的机会，心里早已没有了神。

而现在，内野毫无防备地背对着耀子，在内野眼里她就是顺从的仆人。做过那么卑劣的事，内野还信仰《卡特极纳经》，真是滑稽。到底什么是信仰？什么是信徒之心？神能够免除所有的罪孽吗？

耀子连忙从洁白的法衣中拿出手枪，对准内野的太阳穴，扣动了扳机。

恩怨瞬间了结。

内野还没来得及哀号就一命呜呼了。

耀子一只手拿着手枪,看了一会儿内野的尸体才回过神来。

她的心情畅快了吗?被玷污的事实无法改变,而如今手上也沾染了鲜血,算上腹中的孩子,她背负了三条人命,就像麦克白夫人,一生都要背负罪孽。

其实只需要让内野恐惧,忏悔自己的罪行就可以了。但是为了伪装成内野自杀,她必须这么做。为此她做了不少准备,这次的台风正是好时机,错过这次机会,耀子又要忍受无尽的黑暗了。

耀子打开窗户,把枪塞进内野手中,朝着窗外再一次扣动了扳机。

3

一年前来到小岛的关屋博和毁掉了一切。

无人知晓关屋为什么会来到这座小岛,因为打听彼此的过去是岛上的禁忌。向小针寻求救赎的人,或多或少都有不愿被触碰的伤口。

内野自己也是如此。

与在联谊会上相识的女友订婚后,女友称自己父母的公司遇到财务危机,多次向他借钱,内野不仅拿出了结婚用的钱,还向朋友借钱,甚至借高利贷给女友凑钱,可还是不够,他最后把手伸向公司的账户,只因为看不得女友落泪。

挪用公款的事败露后，内野的父母出钱填补，才让内野免于被起诉，他的父母还帮着还了其他的借债，不过他也因此被踢出家门。

而在那一个月之前，内野就联系不上女友了。去她的公寓，人去楼空，老家的地址也不存在。去她工作的服装店，却发现长堀根本没有那家店。去问联谊会的举办方，对方说她之前和其他女子关系不错，但在和他交往之后就再没有联系了。

周围人都说这是骗局，背地里还嘲笑他：那么漂亮的女孩子怎么会看上你。

内野就是在那个时候遇到了小针，他已经不再相信他人，不再相信女人，他想，神或许还是可信的，不，只剩下神可以相信了。

内野追随小针来到了这座小岛。

希望登岛的信徒有十几人，不过小针认为"越是深受伤害的人，越是知晓苦难的人，越应该被赐予祝福"。他选择了内野和其他五人登岛。

当初的信徒如今只剩下内野和寺尾，其他的信徒，有的得到救赎后回家修行，有的找到了新的目标，还有的掉队。每当有人想离开，小针都会强调："找到生命的意义，在哪里都无所谓。"并愉快地送这些人离开。

岛上的共同生活节奏缓慢，受伤的内野渐渐恢复。务农让身体疼痛，但天赐的作物让疼痛转化成欣慰的疲劳。

内野开始觉得：就这样在神的脚下献身也不失为一种正确的选择……直到直美来到岛上，她的到来让内野已经归于平静的生活再次泛起波澜。

直美初来之时，和当年的内野一样，因为受到打击而变得麻木，具体原因则不得而知。半年过去，直美的脸上恢复了血色，渐渐找回与生俱来的开朗。

有一次，内野因为判断失误导致番茄枯死，他为此在田里失落地抱着头烦恼，是直美温柔地鼓励和开导了他。

看着直美阳光下的笑脸，内野有些恍惚，觉得自己遇到了太阳般温暖的女人。当时，岛上还有几位女信徒，可是内野从来没有把她们看作女人，因为他不信任女人。

但是，直美和她们不同，言行举止都闪耀着光辉。

当然，神不会允许他的信徒在岛上谈情说爱。善男信女共同进步，内野也觉得这样就够了，直美的笑容是他早上起床迎接新一天的动力。

可这一切都被关屋毁了。

关屋刚刚来到岛上的时候，眼神像杀人犯一样，话也很少。直美比他大，像照顾弟弟一样热情地关照关屋。

那段时光对内野来说是痛苦的，不过他谨记小针的教诲"嫉妒是恶魔"，祈祷神赐恩给关屋。

可是半年前，内野无意间看到直美和关屋在接吻，两人间早已不是姐弟情谊。

那时的内野认为，神不是小针也不是《卡特极纳经》，而就是卷直美。直美不是女人，而是女神。而关屋是从自己的身边夺走女神的恶魔。内野再也无法抑制嫉妒和欲望，内心的黑洞以难以想象的速度蔓延，他想抱紧耀子来蒙骗自己，可是内心却愈发空虚。

只要有直美，别的什么都可以不要。这种想法最终变成内野的信仰，变成对关屋的杀意。

内野装作好大哥来接近关屋，取得他的信任。关屋在当前的这种情况下仍旧信任内野，随他来到了圣室，在他面前不设防地翻阅《卡特极纳经》。

内野心中思忖：夺走了我的女神，还想着成神？神怎么可能会允许这种好事？只要关屋自杀了，直美就会回到我的身边，我们两个人离开这座岛就行了。神不在天上，不在心中，就是身边人。

内野怒目圆睁，扣动了扳机。

4

九月中旬，麦卡托和我来到一栋位于和歌山县南部海域小岛上的别墅——岩屋庄，它因之后的连环枪击案而在媒体上掀起一阵风暴。

岩屋庄是一栋漆黑的二层楼别墅，建筑中央突出圆形玄关，上面是露天平台。

昭和初年，风流贵族建起这栋别墅，经历代主人的修复，岩屋庄走到了今天。

岩屋庄现在的所有者是小针满英，他在 IT 行业泡沫时期创办公司，实现了公司的快速发展，是励志传记主人公般的人物。但是五年前，三十八岁的小针突然创办了一个宗教，变卖公司后买下了这座小岛，与五个信奉他的年轻人以及两个家仆一起生活在岛上。

海岸沿线的铁轨穿过隧道来到一个渔村，一艘大型游船在渔村接我们登岛，那时候海上还很平静。不过，气象预报说台风正在逼近，今晚到明天的天气会很糟糕。我们穿过岩屋庄二层的客厅，向窗外看去，西南方向的天空正酝酿着一场风暴。

也就是说，在台风过境之前，我们都无法离开小岛了，我觉得没必要非要在这个时机赶到这里。

"因为我接到一桩紧急的案件。"麦卡托和我的想法完全不同，甚至可以感觉到他很高兴。对侦探来说，暴雪中的山庄和远海的小岛是开胃的甜品。可是这次的小岛上发生的案件未必是凶杀案，他没有理由如此满怀期待。

"处理好这次的委托案件，你会得到很多钱吗？"

"你这种俗人真让人困扰。听说过《祝福经》吗？这里就有一本类似的《卡特极纳经》。"麦卡托睁大眼睛端详着屋子里陈列的有年代感的家具，不满地与我拌嘴。

"《祝福经》？是《圣经》一类的吗？"

这部经书听起来顺耳，可总感觉哪里不对。

"你没听说过吉田长明吗？"麦卡托问我。

我似乎有些印象，这个名字仿佛属于镰仓时代的人，又像是一个假名字。吉田长明创立了一个新宗教，这个教在大正时期至"二战"前在关西地区传播。据说吉田展现了一些"神迹"，但是信众并不多，不过其中也有狂热的信徒。

"吉田本人是被判了不敬罪而死于狱中的吧？"

"对，和他的心腹们一起入狱之后，他的信徒七零八落，宗教组织不复存在。《祝福经》就是吉田写下的东西，被他的信徒奉为圣典。他在被逮捕前声称'被选中的人读过这部经书后可以死而复生，成为全知的神'。据说一个逃过牢狱之灾的教中骨干保管着这部经书，不过在空袭后下落不明。小针五年前私下里得到了这部经书，创办了新的宗教。信徒都称呼他为'宗主'。"

"不会吧？难道你信这个所谓的《祝福经》？"

"荒唐，我是受人之托拿回这部经书，报酬颇丰。"

"那不就是收入不错嘛。"

麦卡托转动帽檐，语气平和地说道："你好像搞错了，报酬包含了钱，但不止是钱，还有《祝福经》，不过前提是我要用点小手段拿到这部经书，不过不用担心，肯定能行。"

"那不是偷盗吗？我搞不懂，有人委托你拿回经书，报酬却是给你经书。"

麦卡托的话总是让人摸不着头脑。

"我来告诉你这算不算偷窃。二十年前，《祝福经》从我的委托人家中被偷走，后来经过多次易手，五年前到了小针的手中，它本身就是失窃品。不过我的委托人确实也并非是合法所有者，他含糊其词地表示自己的姑妈是吉田的信徒，在空袭中拿走了经书。我的委托人并不信仰宗教，对《祝福经》没有执念，而且他的姑妈去年病逝了。至于他为什么把经书当作报酬给我，是因为他的目的本来就不是经书，而是让我带回他二十三岁的女儿，她受到自己姑奶奶的影响笃信吉田长明的宗教。半年前，她为了能够拿回《祝福经》，化身保姆潜入岛上，肯定是病床上的姑奶奶和她说经书在小针那里。小针从IT公司的富翁戏剧性地变身宗教家这件事人尽皆知，她的姑奶奶应该是从小针宣扬的教义中发现，《卡特极纳经》就是丢失的《祝福经》。于是她伺机开始行动。"

"这真是荒唐的行为……"

这个信女的行为是出于狂热的宗教信仰。小针创立的宗教一直都没有惹起什么事端，如果他们知道我们是为了夺走他们的圣典而来到这里的，没准会有人表现过激，更何况是在与世隔绝的孤岛上。

"对宗教的执念越深的人，在真理的世界走得越广，可是在现实世界中的路却越来越窄。我的委托人一开始还以为女儿是离家出走而报了案，因为和女儿关系不好，之前类似的事情也发生过几次，或许也是因为如此，女儿才和他姑妈亲近，以至于被姑妈宣扬的教义洗脑。一个月前他看到姑妈的日记，心里有了大概，便让私家侦探按着线索调查，知道了自己的女儿而今潜入岩屋庄工作。"

"既然已经知道了地点，他直接来领人走不就行了吗？"

"你觉得委托人的女儿能老实地听话吗？而且我的委托人想避免把《卡特极纳经》的归属问题摆到明面上讲。现在女儿和其他信徒一起生活在岛上，没有危险，不知道何时她的心理会急剧变化，委托人只想自己的女儿平安回到身边，经书给我都没关系，不过我还要考虑一下要不要。"

"那应该去请个懂心理控制的专家来办这件事，委托你是找错人了。"

怎么会轻易地把事情交给麦卡托来办？这件事涉及自己宝贝女儿的安全。我真是不理解这位委托人的想法。

"委托人说事情没有那么简单，女儿因为姑妈而信奉吉田创立的宗教，应该不会受小针宗教的影响，不过经过半年的共同生活，也不是没可能，两个教用一部经，会有相似的教义，为了证实这一点，有必要实地调查一下。"

"单纯的破案倒没关系，这么复杂微妙的事情你能处理好吗？"

麦卡托性格冷漠且没有共情能力。

"这个嘛，我肯定想办法做好。"

他稳稳地坐到椅子上，抿嘴一笑，那是心中盘算着无数恶毒计划的不怀好意的笑容，我感到十分地厌恶。

"这次你是化名阿斯托罗博士吧？身份这一关你轻松就过了，使了什么手段？"

麦卡托作为神秘学博士而受邀登岛，我的身份则是他的助手巴雷斯卡，在原著小说①中巴雷斯卡是女性，不过恐怕岛上没人知道这两个名字的来历吧。

"小针也委托我办事。岛上有人可疑，他想让我暗地调查一下。他认为有人盯上了《卡特极纳经》，他知道我是侦探麦卡托，但和信徒们说我是著名的神秘学家阿斯托罗。"

"原来你是顺水推舟，真巧，你总是有这么好的运气。"

可疑的人当然就是保姆。救出离家出走的人，调查可疑的人。只有一项任务的话未必能够让麦卡托感兴趣，不过两项任务叠在一起，下一份功夫就能得两倍报酬，这么好的差事可不多见。

可是麦卡托感到意外，扬起了右侧细细的眉毛。

"巧？这是必然，遇到困难当然要来委托日本有史

---

① 阿斯托罗和巴雷斯卡是美国惊悚小说家雪莉·杰克逊笔下的人物。

以来的第一神探，用你的标准来衡量我，真让人头疼。"

"好吧好吧，是我浅薄了。不过两位委托人，一个要你为他保护好经书，一个把经书当作你的报酬，这不是矛盾吗？"

"你知道我过去的事迹，应该对我的认识有所改变吧。"

我想到由于他而发生在自己身上的灾难，觉得心痛。暗暗发誓，不管他是否能够顺利解决问题，这次我一定要保护自己不要惹上麻烦。

就在我们说话的时候，一阵敲门声响起，随后管家走了进来，就是刚才接我们登岛的男子，他姓白山，身高一米七零左右，四十岁上下，身体结实，给人的整体感觉是细长方正。

"阿斯托罗先生，我家主人准备好见您了，您方便现在去见他吗？"

白山的声音低沉，说话就像低音喇叭。

小针的房间在一层，在我们走下通往大厅的楼梯时，我问道："白山先生，您不是信徒吗？"

在岛上，信徒都称小针为宗主，不过刚刚白山却称呼他为主人。

"在公司时，我就追随我家主人，不过我不是信徒。我家主人说：'倾听我教诲的，有迷茫的人就够了，没有必要刻意寻找神。'"

管家一本正经地回答我。也就是说，他们之间的关系自从小针经营公司那时起就没有变化。

"那么岛上的保姆也不是信徒吧?"

"对,我家主人觉得不应该让信徒来承担家务活,所以保姆青山也和我一样,只是受雇于我家主人。"

小针的房间在一层的左手边,因为岩屋庄的大门是朝北开的,也就是说他的房间位于整栋别墅的东侧。与漆黑的外观相反,岩屋庄内是白色调的装修风格。

小针满英今年四十三岁,不过看起来要年轻五六岁。我还想不会真的是因为读过《卡特极纳经》而变得年轻吧。他和管家一样,体格结实,不过要比管家高出五厘米左右,身着镶嵌金线的纯白色法衣。所谓法衣,除颜色之外,就和圣德太子的简朴素朝服一样,下摆拖到脚踝处。

棱角分明的下颚显示出意志力强的个性,矮鼻梁,外眼角有些下垂,显得目光温柔。与其说他是一位严格的宗教领袖,不如说是一个温柔兄长。

"感谢您特地来到这里,麦卡托先生,啊不,阿斯托罗先生,白山知道您的真实身份,听到也没关系,不过其他人在场时要是不小心叫错就麻烦了,从现在开始,我可以称呼您为阿斯托罗先生吧?"

小针语气平和,伸出手来想和麦卡托握手。

"感谢您能邀请我。您当然可以叫我阿斯托罗,我也想早一点习惯这个名字。"

他和小针握手。这时,管家点头示意,离开了房间。

"那么……您可以详细地和我讲讲委托我办的事情吗?"

"好的,我会先带您去圣室,在那里说比较方便,请跟我来。"

小针带我们从别墅的西侧走到外面。我们从一段石子路上穿过草坪,路的上方还有棚顶,可以看出这条路接受定期的维护,路上都是些漂亮的白色石子。三十米长的石子路一直延伸到悬崖前,那里有一幢灰色的小屋。那是一座全新的石头建筑,应该是小针建造的。

"这就是圣室吗?"

听到麦卡托的问题,小针缓缓地点头。和握手时一样,小针的一举一动都很稳重。

"对,那里是保管《卡特极纳经》的地方。"

"那么,教众集会也是在那里?"

"不,典礼在教堂举办。"

小针指向岩屋庄的楼后,一座灰白色的教堂竖立在草坪上,除了没有十字架外,外观和基督教教堂没有什么区别。

"只有我能进入圣室,其他人不能进去。"

"那会让信徒嫉妒呢。"

麦卡托压实帽子以免帽子被海风吹走,苦笑着如是说道。

"嫉妒是万恶之源,连西方的神也会因为嫉妒而让凡人受苦。我的信徒们现在在田里做着农活以防台风来袭。如果让他们知道咱们进入圣室，他们就会怀疑您不只是一个研究宗教的专家那么简单。"

小针在石子路上踏出嘎吱嘎吱的声音，走到厚重的铁门前，取下系在腰间的钥匙。

"我只有一个请求，这里是神圣的地方，请注意不要说脏话。"

"诚惶诚恐。"

我也点了点头，这和进寺庙要小心屏气不让蜡烛熄灭是同一个道理吧。岛上的圣室就是如此神圣的一个地方，连信徒都无法进入的地方却让侦探进来了，可见事情的严重性。

小针打开了门，紧接着就按下门边的电灯开关，从天花板垂下的朴素吊灯亮了，照亮了整个屋子。

从外面看起来圣室很宽敞，可进到室内就会发现实际上很狭窄，我还以为有十张榻榻米大，可实际很逼仄，不过我马上就知道为什么会这样了。

圣室只有一个房间，装饰简单，白色的墙壁上只有一条金色的线条在等身高的位置绕屋一周，门的对面是窗户，窗户外面有铁护栏，窗前有一张书桌，坐在桌子前面可以看到海景。书桌的右手边，一排书架贴着墙壁，上面摆放着一些有年代感的书籍。这些书架挤在房间偏右的位置，左侧留出了很大的空隙，因为那里放置了一座巨大的西洋钟，这座放置在地毯上的钟的高度大约有一米五。巨大的西洋钟让屋子看起来狭窄不少。

不过我们看到西洋钟后最为震惊的竟然是小针。

"钟竟然……"

小针紧张地大声呼喊，奔向西洋钟，作为一个宗教领袖，他似乎有些失态了。弯腰飞奔的样子有些滑稽。

"您怎么了？"

看到小针一改稳重的神情，麦卡托询问起来。

"啊，对不起，我失态了。"

小针咳嗽了一声，恢复了平静后说道："钟平时都是被吊起来离地三十厘米的，不知道是谁把它……"

"原来是这样，也就是说，不是您把钟放到地上的？"

麦卡托来了兴致，接着问道："如何吊起或放下这座钟？"

小针指向门旁的一个小盒子说："按下把手，就能拉起连接天花板的锁链。"

确实，钟上的锁链的一端连接着天花板。小针打开盒的盖子，想要按下把手，不过立刻就被麦卡托制止了。

"不，还是不要拉起来比较好。"

"为什么？"

"我的调查对象应该还不知道您已经有所怀疑了，如果您拉起了钟，那么他就会知道您注意到屋子里的异常了。我还想问一下，您本来打算什么时候来这里的？"

"周一，每周一我都会来这里读经，写一些东西。"

"写东西?"

小针有些不好意思。

"我也想写下自己的领悟,或许写写就会有新发现。"

他应该是想模仿吉田长明。麦卡托完全没在意这一点,接着说道:"写成一本新的圣典。"

"说圣典就言过了,应该说是一本研究神学的书。当然,如果我被选中成为神,那么或许会有人把这本书当作圣典吧。"

小针很委婉,不过他的话语和表情都表现了他希望如此。

"那么其他日子呢?"

"只有周一。"

"今天是周四,所以放下钟的人觉得三天之内不会有人知道。这钟有什么特别之处吗?"

"没有什么特别的,我从一座拆掉的匈牙利教堂那里买来的,有一百多年的历史,不过在欧洲这不算稀罕的物件。"

"这就变得有趣……也变得复杂起来了。小针先生,您看这座钟有什么异常吗?"

小针当即摇头说道:

"已经确认过了,没有异常。"

麦卡托摸着下颚思考了一会儿后说:

"那就把钟稍微吊起来些吧。"

"可是您刚刚说……"

"嗯，只吊起来一点点，没准钟的下面藏着什么东西，我确认之后就放下来。"

钟很大，甚至里面都可以装下人。小针似乎并没有完全理解麦卡托的话，不过还是照做了。麦卡托看过钟的下面后说：

"什么也没有。"

钟又被放了下来。

"钟被放下来不是为了藏东西。不过没关系，小针先生，现在能告诉我您觉得岛上哪里不对劲了吗？"

"好，我通过一本书发现了可疑之处。"

小针从旁边的书架下层隔断那里拿出一本厚重的书。那是一本讲述古代亚述神学的书，有图鉴那么大，五厘米厚，年代久远，封面缺角还有些褪色。

"书架上的都是我用来研究神学的书，下层摆放的是过去读过而最近不看的，越是最近读的书摆放得越高。"

书架一共有五层，如小针说的一样，下面三层被塞得满满的，第四层放了一半书，最高层什么都没放。

"因此下面几层的书很多都积灰了，前几天，我注意到只有这一本书上没有灰尘。因为书的顶端是烫金设计，很容易就可以发现这件事。我看了放在同一层的其他书，上面都有灰尘。"

"那就是说只有这本亚述神学被人拿过。"

"应该是。"小针点头,"当然,如果书架上层的书被移动过我可能也不知道,总之,除了我之外,还有人进到了圣室,我这周一发现了这件事,和白山商量后决定请您来帮忙。"

"那么《卡特极纳经》没事吧?"

"没事……不过很奇怪。"

小针打开了位于书桌右侧角落的保险箱,拿出了经书。这部经书和单行本一样大小,厚度有十五厘米。从晒黑程度、褪色程度和损坏程度来看,这部经书已经有很多年历史了。小针确认经书没有问题后立刻又放回了保险箱里。

"保险箱和圣室的门是同一把钥匙,所以我担心经书被盗。钥匙是我向大型企业定做的,只有一把,没有备用钥匙。"

这把钥匙的大小和普通钥匙差别不大,系着佛塔九轮的装饰物,形状很特殊。

"平时您把钥匙放在哪儿?"

"起床后就随身携带,寸步不离身,晚上或者外出的时候放在暗格中。以前我出门的时候也带着,不过有一次掉进了海里,从那之后,我离开小岛的时候就不会把钥匙带在身上。"

"不过……这世上没有不能复制的钥匙,托人就能做一把。也有可能是有人偶然得到了海里的那一把,因为外形特殊,捡到的人马上就意识到那是什么了。或者您觉得有其他进入圣室的方法吗?"

"我认为没有了,您也看到了,面前的窗户外有铁栅栏,还有就是一个小排气扇和外界连通。"

铁栅栏的铁条之间只相隔十厘米,应该就是为了防止有人从窗户进入才这么设计的。拉窗还扣着月牙锁。换气扇的直径只有十五厘米,屋内一侧还有细网。

"地板有洞吗?"

"和岩屋庄不同,圣室是我来到这里后建的,地板上的洞……这东西从一开始就没有。"

"是这样啊,那看来只可能是从门进来的了。"麦卡托狠狠地点了点头,又问道,"能让我看看那书吗?"

"对不起,就算是您也不能看《卡特极纳经》……"

从小针的语气可以听出他突然警觉起来,而麦卡托依然态度温和地说:

"您误会了,我想看一看讲亚述神学的那本书。"

"啊,那没问题。"

小针的表情放松下来,伸手递出了那本书。

麦卡托在试探小针,不过他不动声色,上下打量起书来。

"这是一本重要的书吗?是什么重要典籍吗?"

"不,只是本研究学习用书,一点都算不上重要,二手书店就有卖,内容全都关于考古学,关于宗教的内容并没有我期待中的多。放在书架最下层的书,我总归要处理掉。"

"我懂了,这本书并没有什么价值,这么说来这把椅子……"

书桌前有一把木质椅子,和书桌应该是一套,椅子腿上雕刻的花纹和书桌花纹一样,木头颜色陈旧,皮革失去光泽,不过看起来坐上去应该很舒服。

"椅子怎么了?"

"椅子上有痕迹,有人把方形的东西放到上面留下了痕迹。"

麦卡托把亚述神学书放到了椅子上,大小正好和痕迹一致,连缺角的形状也一样。因为椅子的座位材质是皮革,所以痕迹不会消失。

"那人把书放到椅子上想做什么?如果只是放上去会有这么明显的压痕吗?"

我困惑地问道。

"可能是想踩到椅子上却发现高度不够,才又放上了这本书。书的薄厚不同,只有这本书厚五厘米,就被拿去用了。"

"用来垫脚……"

我扫视整间屋子:天花板距离地面很高,但是高处没有棚,最高的位置也就是书架上面了。

"您不介意吧?"

麦卡托说着就把椅子搬到了书架前,踩到了椅子上。椅子高度大约为四十厘米,书架高一米九,两者之间的高度差为一米五,身高一米八零的麦卡托很轻松就能看到书架上面。

"上面只有灰尘,没有手拂过的痕迹,不过闯入圣室的人有可能这么做。"

他从椅子上下来,解释说:"考虑头顶和眼睛之间有一段距离,闯入者的身高至少有一米六零。脚下垫了五厘米厚的书,一米五五也是可能的,不过也有可能踮起脚,这样一米五五以下也有可能了。"

小针轻轻地闭上眼睛,心里盘算起来。

"有两个人符合条件。他们中有一个是闯入者吗?"

"现在下结论还早,一米六零的人如果想要轻松看到书架上的全貌,也可能垫高五厘米。而且椅子可能不是用来看书架上面的,而是用来看钟的上面。要确定这一点我们的信息还太少了。我们必须先了解闯入者在找什么。"

"您说得对,我也不想胡乱怀疑自己的信徒。疑神疑鬼对神的信徒来说是致命的弱点,所以我想拜托您来解决问题。"

"真是明智的选择,您不懂调查,一不小心就会打草惊蛇。"

两人经过一系列对话,似乎有些意气相投。难道是因为两人本质上相同吗?敦厚宽宏的宗教家和目中无人的侦探本质会相同吗?我有些震惊。

"问题在于,尽管经书被放在了显眼的位置却没有被偷走。圣室里还有其他有价值而可能被偷走的东西吗？"

"没有了。"小针果断地表示否定。

"对于普通人来说重要的东西——存折和贵重物品都保管在我的房间里，不在这里。即使偷走了经书，小偷无法离开小岛也是徒劳，他们每半个月有一次离岛的机会，可以申请在岸上住一宿再返回。我猜想闯入者可能是计划在离岛日偷窃，而现在是在做准备。"

"离岛日是什么时候？"

"本周六和周日。我之所以不顾台风天气急着请您来的原因就在于此。"

麦卡托似乎十分理解，点了点头。

"既然这样，经书还是暂时保管在别处比较好。西洋钟被放下来，说明一定有人闯入了圣室。"

"只要圣室不发生火灾，我想避免把经书拿出圣室，这看起来可能很滑稽，不过对我来说，圣室和《卡特极纳经》就是这么重要的东西。如果胡乱移动经书，信徒们趋之若鹜，可能会导致无罪的人犯罪。"

小针神情真挚地解释原因。

"好吧，我知道了，只要两天之内找到可疑的人就能解决问题。"

麦卡托自信满满地应承下来。

"除了信徒之外，管家和保姆也是同样的离岛日吗？"

"青山和信徒们是同一天，白山会在保姆不在的时候照顾我的起居。白山因为购物或杂事可以随时离岛，比如今天,他离岛去接你们。"

"好吧,如果白山先生有想法,早就离开小岛了。"

"我相信白山,也希望您能相信他。我们差不多该离开这里了,信徒们的活干得也差不多了,随时都可能回来。"

麦卡托该看的东西应该都看过了,他听从小针,爽快地离开了圣室。风越来越大了,乌云笼罩了西方的半边天。

"风暴就要来了……"

麦卡托嘟囔着,我能感受到他的语气中还夹杂着期待。

5

一个小时后,信徒们做完农活回来了。雨滴击打窗户,发出吧嗒吧嗒的声响。广播——岛上没有电视——播报暴风雨将从今天深夜开始,持续到明天。

我们跟随小针参观了那座彩色玻璃绚烂的教堂,之后回到了别墅二楼的房间,透过窗户,可以看到几个身着农衣的年轻人从农田那边快步走来,三名男子和三名女子,其中有一人是保姆青山。或许是教义使然,一行人除保姆之外,不分男女全都长发及肩。

"是叫青山对吧?委托人的女儿就是闯入圣室的人吧?"

我的视线随着归来的信徒移动。

"不一定,她唯一的目的就是要得到经书,不会做多余的事,如果有机会拿到经书她一定不会放过的。"

我很意外麦卡托持否定意见。

"有可能像小针说的一样,等待离岛的机会……"

"你忘记放到地面上的钟了吗?闯入者知道小针在周一之前不会进入圣室,就没有把钟归位。小针嘴上说不会轻易转移经书,不过很有可能有所防备,把经书藏到安全的地方。"

"那就是说,闯入者的目标不是经书?"

"很有可能,目前还不好说,不过这件事还没完,一定还会发生些什么。"

麦卡托悠哉地拿起一颗巧克力,从他毫无表情的脸上无法看透他的内心。

"真遗憾,原本应该是个轻松差事。"

"遗憾什么,不管对手是谁,对我来说没有不轻松的案子。"

麦卡托一如既往地自信满满,真不知道他的自信从何而来,我感到不可思议。

"如果你成功带走了青山并拿走了经书,那不就变成青山想方设法从你这里夺走经书了吗?"

"其实我想再雇一个秘书,因为委托我的案件太多了,昭子姐一个人有些吃力。"

他突然说起了这个话题,真是莫名其妙。

"我想用经书雇青山作秘书。所谓信徒,就是可以为信仰而劳作的人，她肯定会如牛马般认真工作。知道女儿在我这种有社会地位的人的手下工作，委托人肯定会放心。一石三鸟，怎么样？"

麦卡托露出天真无邪的笑容，他的计划却是腹黑至极。

"想揩狂热信徒的油，最后会不得好死。"

"没关系，和她约定好，到了时机给她经书就行。潘多拉魔盒不是剩下了希望吗？希望是最有效的统治方法，只要有希望人就不会反叛。"

"好吧，你想怎么做，我也管不着。养虎为患，我是做不到。"

"你赚的那点钱本来就雇不起人。"

"这不关你的事。"

我赌气地一口吃下了巧克力。

傍晚六点，众人在别墅一层的餐厅里吃晚餐。干完农活的信徒们已经在各自的房间沐浴更衣，所有人都装扮得体，坐在餐桌前。他们都是一身纯白色法衣，比小针的法衣更加朴素，左前衣摆颀长，裤子和小针的一样。信徒与宗主之间服装的最大区别就是，衣襟和衣摆上装饰的线条是天蓝色而不是金色。信徒们穿农衣的时候，远远看去就和普通年轻人一样，不过在洛可可式餐厅穿着法衣的样子就像是一群参加秘密结社的集会的人，十分怪异。

但这不是要紧的事。

管家和保姆安静地站在餐厅门口，两人都穿着整齐的制服，麦卡托依然穿着晚礼服，只有我穿着素色衬衫套夹克。

正如我担心的一样，所有的信徒都盯着我看，他们的神情像是在责备我：博士都穿正装，助手却着装随便。

我小声地斥责麦卡托："你怎么不提醒我着装！"

"没要求服装。"

他表现出事不关己的态度，不仅如此，语气像是在说"肯定会有这种场面"。他从口袋里拿出了红色蝴蝶结戴在了我的胸前，而这种搭配穿背带裤才合适！

"总比没有好吧！"他说。

我瞪了麦卡托一眼，看到他一脸坏笑。

身着法衣的小针终于来了，晚餐正式开始。我原本以为会吃斋，实际上菜品很奢华，比家常菜要高一个级别，甚至比我平常去的家庭餐厅还要好吃。看信徒们的反应就知道今天的饭菜不是因为有客人来而特殊准备的。如果这些饭菜天天都有，我甚至都想皈依这里，在岛上生活了。不过，小针的教义允许恶魔存在。身边人会遭厄运，这是我无论如何不能接受的。

信徒们相信我们是神秘学研究者，吃饭过程中一直都在请教我们相关问题，比如，人能够升到多高？精神力是科学吗？咒术和冥想真的可以解放精神吗？还问了我们对于《卡特极纳经》的看法。

仔细一想，这里的信徒对其他宗教或者灵异事件很感兴趣，这是非常罕见的。默许信徒这样做的宗教领袖也非常少见。不过考虑到小针自己也在圣室里广泛阅读研究宗教的书籍，他的教义应该是追求综合性。

令我感到诧异的是，在这么多复杂问题面前，麦卡托根本就没有露出马脚。甚至还能展现出比信徒更为丰富的知识，流畅地应对。如果我不认识他的话，看到他对答如流的样子，真的会认为他是神秘博士。

小针也颇感意外，他喜笑颜开，时不时还会问麦卡托几个问题。

而我就不一样了，我什么准备都没有做。回答信徒的问题时吞吞吐吐，基本都在拿麦卡托作挡箭牌。

我穿得很随意，回答问题也特别差劲，信徒们一定会认为我是一个差劲的助手。

"阿斯托罗先生，您真不容易啊。"

其中一名姓寺尾的信徒以同情的口吻说道。我恨不得当时就离开那里。可能寺尾指的是其他意思，但是我觉得那句话就是针对我的。

我在考虑圣室椅子的事情，暗自比较这些信徒的身高。他们的身高各有不同，但体形都同样纤细，坐在椅子上也可以大致推测出身高。我一边吃浓汤红肠一边观察：刚刚说话的寺尾一米五五，作为男人来说个头很矮。最高的人是一米八五的关屋，最矮的是一米五零的直美。另一位女信徒岩室耀子是一米六五，和保姆青山一样高。最后就是内野,他和我身高相同,一米七五。

小针在圣室里提到的两个人应该是寺尾和直美吧。不过话说回来,就像麦卡托强调的一样,闯入者未必想要看书架的上面。

在我左思右想的时候,青山把奇异果果冻放到了我的面前。她面无表情,动作机械。按照普通人的标准,她长相标致。或许是因为潜入了敌人的老巢,她举手投足都很谨慎,浑身散发着一种拒人于千里之外的气场。听说她是一个固执己见的女子,或许她也想隐藏这一点。

她并不知道我和麦卡托的真实身份,可能认为我们是小针的朋友。不过即便她知道也一定会敌视我们,因为我们要带她回去。或许信徒们也或多或少知道她的脾气,所以很少和她搭话。她每天究竟是怀着怎样的心情看小针和他的信徒们吃饭呢?她把眼睛眯了起来,就像快睡着的猫一样。我无法从眼神中读出她的感情,或许此刻她在抑制内心的冲动,虎视眈眈地寻求每一个夺走经书的机会。这就是信仰的力量,而我是做不到的。

晚餐后,信徒们要到谈话室里围坐起来进一步讨论。麦卡托对他们说:"巴雷斯卡有些晕船。"然后就让我一个人回到房间里了。一个差劲的随从,而且身子骨还弱……一无是处。不管怎样,不用参加神学讨论就是件好事。

我回到房间冲过澡后就索性睡觉了。麦卡托说我

"晕船"，不全是谎言。

屋外的台风开始过境，像死神迫近一般敲打窗户。

远海孤岛，风雨大作。

果然，当天夜里就发生了命案。

6

第二天早上，小针被发现浑身湿漉漉地仰面倒在通往圣室的石子路上。风雨依旧猛烈，石子路即便有棚顶，可还是被风灌进了雨水。

倒地的小针身着白色睡衣，外面套着黄色的袍子，胸部和腹部两处各有一块圆形血迹。血迹中心破了一个洞，似乎是枪击形成的创口，两处枪伤都偏向人体中轴线的右侧。

管家白山最先发现了小针，他的房间在别墅的西侧，唯一的一扇窗户朝向石子路。早上六点，白山起床准备开始一天的工作时，隔着窗户发现了倒在地上的小针，等他跑出屋后发现小针已经死亡，连忙叫醒了麦卡托。

"已经遇害五小时了。"

暴雨中，麦卡托身披雨衣低语道，他好像还说了别的话，不过海浪声很大，我很努力也就只听见这一句话。

"五小时前是凌晨一点吧，他是在想去圣室的途中被枪击的吧。"

小针倒在了距离别墅大门两米左右的地方，看样子是刚出别墅就中弹了，而不是在圣室遭袭。

"不好说，他没穿雨衣。"

小针没有其他随身物品，如果他打伞了，估计伞早就被狂风吹走了。

麦卡托把尸体翻了过来，发现长袍的后面也有两处血迹，可是看不到贯穿的弹孔。他把长袍翻卷开来，看到睡衣的背部有两个弹孔，子弹贯穿了身体。

"从衣服的破洞来看，他应该是迎面中弹的，凶手得手后给他穿上了长袍。"

"凶手为什么这么做？"

"现在就是在调查原因。"

此时，听到骚乱的信徒们纷纷赶来。他们都是法衣外披着雨衣，看样子六点钟起床是他们的生活习惯。

"宗主！"

他们想靠近来看小针的尸体，却被蹲在地上的麦卡托劝阻："等等，你们最好不要胡乱触碰，这可是杀人现场。"

"阿斯托罗先生……这究竟是谁干的？"

寺尾上前询问，他是资历比较老的信徒，从昨天的情况来看，他可以算作信徒中的领袖级人物了，或许也是因为这个原因，其他的信徒都是黑色头发，只有他把头发染成了褐色，也可能与他个子矮而自卑有关。寺尾肤色偏黑，五官立体，长相清秀，如果个子再高些的话，就像是昭和年间的演员了。

"岛上除了我们就没有其他人了吧？"

"是的，应该是这样。"

寺尾嘶哑地回答道。

"那么可以藏人的地方呢？"

"田里有一间小屋，不过上了锁，正如您看到的一样，岛上的环境一览无余。"

这座小岛呈台状，南北走向的山脊低矮似小坡，岩屋庄位于山脊西侧，田地位于山脊东侧，山脊上只有低矮的树，不可能有人躲藏。

"阿斯托罗先生，您的意思是杀害宗主的凶手就在我们当中吗？"

寺尾的背后传来嘶哑的声音，说话的是同为老资历信徒的内野，他慌张地转动自己的三白眼，昨天晚餐时他也是这样的表现，应该是一个内向的人，眼神、动作都表现出不自信。

"很遗憾，是这样的。"

女信徒们胆怯地走上前来，直美似乎因为贫血而晕倒，连忙扶起她的是高个子关屋。关屋仪表大方，他是男信徒中最年轻的，皮肤很有光泽。虽然关屋个子最高，但是年纪最小又加上说话风格自由自在，永远是众信徒中弟弟般的存在。

关屋扶起直美的时候，内野的脸色马上就变得不好看了，回想起前一天晚上吃饭的时候也是这样，内野眼神冰冷地望着相互交流的关屋和直美。

他们是三角恋？公司里有办公室恋情，在同一个宗教组织中有恋情也不足为奇，更何况他们共同生活在与世隔绝的小岛上。

处于三角顶端的直美长相普通，是那种在通勤电车随便都能找到十几个的类型，不过她那黑色的瞳仁很有魅力，似乎可以摄人心魄，加之性格活泼，自然而然具备吸引人的能力。而旁边的耀子与直美形成了鲜明的对比：耀子长相端庄，不爱说话，总是视线低垂，给人一种阴郁的感觉。这座小岛是伤过心的人聚集的地方，耀子看起来还没有从伤心事里走出来。

确实，两位女信徒中直美更迷人，不过这只是我的第一印象。岛上还有一位女性，那就是保姆青山，她只是看了一眼尸体就转身回别墅去了。她一路捂着头不想淋湿头发，仿佛波浪发型比小针更重要。小针的死没有对她造成多大的心理冲击，这或许是因为小针在她的眼里是敌人吧，说不准内心正欢呼雀跃。

"喉咙里有这个东西。"

麦卡托观察小针的嘴边后戴上白手套从喉咙里取出了黑色的发丝，发丝有二十厘米长。

"原来是这样……"

"是哪样？"寺尾焦急地询问，他的雨衣短小，裤子被雨水打湿了，可是他丝毫不在意，凑上前来。这时管家回来了。

"警察明天才能来。"

在这座没有手机信号的小岛上,管家房间里的电话是与外界的唯一联系方式。

"因为台风呀,总之先把小针先生抬到屋子里吧,既然警察今天来不了,也不能一直放在这里不管。"

"莫非宗主口中的头发是凶手的?"

内野嘟嘟囔囔,目光仍然飘忽不定。

"似乎是这样,应该是中弹而慌乱扯下塞进嘴里的吧,凶手能拿走手里的头发却没想到嘴中也有,也就是说警察只要查查头发,马上就能锁定凶手。"

"可是警察明天才能来,这期间要是犯人来夺回头发……"

寺尾道出了众人担心的事情,凶手有枪,一定会排除万难夺回证据。

"关于这一点,我有个好主意。"

麦卡托缓缓起身,摆手招呼我和管家搬走尸体。我们按照指示将尸体搬到了没有窗户的仓库里,三位男信徒搬来了古风衣柜,在麦卡托确认管家上锁后,他们把衣柜堵在了仓库门前。

"这样一来,凶手就没法靠近这里了。"关屋大声地说道,他似乎很崇拜这种做法,他的个子高,说话声仿佛是二层楼传来的。

"这样大小的衣柜,一个人无法不声不响地挪开,不过这只考虑了凶手是一个人的情况,凶手要是不止一人那就没办法了。"

"凶手不会狗急跳墙吗?"直美问道,她似乎还站不太稳,抓着关屋的胳膊,或许是被雨淋过,她的嘴唇发紫。

"你说得有道理,那就把游艇的钥匙放好吧,白山先生,麻烦您去把钥匙放到游艇里。"

"阿斯托罗先生,您这是什么意思?"

白山不清楚麦卡托的意图,疑惑地皱起眉毛。

"留退路。"

麦卡托在众人面前如是说。

"难道要给杀害宗主的凶手留退路?"

果然,信徒中的领袖寺尾态度强硬。不仅仅是他,其他信徒也十分惊讶地注视着麦卡托。

"没有办法,凶手有枪,既然留下了决定性的证据,凶手的选择就少了,要么威胁我们打开仓库,消灭证据后杀掉所有人灭口;要么袭击白山先生,抢走游艇钥匙逃走。"

"为了不让凶手狗急跳墙,让他有路可退。"

内野不甘地咬着嘴唇,握紧双拳。

"我想死去的小针先生也不想因为抓捕凶手而出现新的受害者吧。"

"可是……"

性情温柔的关屋表情变得严肃,欲言又止。

"你有别的好主意吗?"

发生杀人案，麦卡托的表现露出马脚，他的言行不像是神秘学博士而像侦探，不过在紧急情况下，没人有精力注意到这一点，也有可能是昨天他那妙语连珠的表现让众人深信他就是博士。

"话说回来，圣室还好吧？"

内野突然冒出一句。

"啊，《卡特极纳经》！阿斯托罗先生，您刚才看到宗主身上的钥匙了吗？"

面对寺尾的问题，麦卡托摇头。

"没有钥匙，昨天晚上他说把钥匙藏在了自己的房间里。"

白山和寺尾去圣室确认，以防万一。几分钟后两人湿漉漉地回来，说圣室的门上着锁。

"凶手有没有可能藏在了圣室里？"

关屋对凶手来自岛外这种设想还抱有一丝希望。

"圣室的窗帘虽然拉上了，但是仅凭空缝就能看到里面没有人，也没有被人翻乱的痕迹。"

白山冷静地说明，寺尾似乎也看到了，点头表示同意。

"有没有藏在死角的可能性……"

关屋依然不死心，麦卡托反驳道："凶手杀害小针先生，说明已经失去了信仰，你觉得这样的人还会执着于圣室和经书吗？还是说有允许杀害宗主的教义？"

麦卡托看众人沉默不语，接着说："小针先生应该不是在去往圣室的路上被杀害的。"

他说小针身上的袍子没有弹孔。

"凶手杀害宗主后给宗主穿上了袍子？"寺尾敏锐地意识到这一点。

"小针先生应该是在他的房间里被杀害的，之后凶手给他披上袍子搬了出去，披上袍子应该是怕血流到走廊里吧，不过，走廊里有血迹。"

麦卡托指向不远的前方。走廊上挂着几盏灯，灯下有几处不太明显的血迹。

"我现在要去小针先生的房间里找找线索，你们要跟来吗？"

众人齐声说："当然。"

青山看了看众人的反应也点头表示同意，或许她觉得单独行动过于显眼吧，她是在搬运小针尸体的时候回来的。

位于别墅一层楼小针的房间和昨天看到的一样，没有被乱翻的迹象，他应该是毫无反抗就中枪了，地毯上有红色血迹，说明第一现场其实是这里。

麦卡托指着里面的墙壁说："这里有弹孔。"墙上有两个弹孔，里面应该有贯穿了小针身体的弹头。

"凶手为什么要移动尸体呢？"

"这个嘛……"

"可能是找不到圣室的钥匙，想再找一晚上，才转移了尸体。"耀子阴沉着脸说道。

"可是房间里一丝不乱，从地毯上的血迹来看，很难说尸体在这里停留了很长时间。"

"啊，对了，硝烟反应呢？即便洗过澡，衣服上还是会有火药味。"我问。

"如果凶手穿着法衣行凶，那就没办法了。"麦卡托说。

信徒们也是一脸否定，我感到不解，直美向我解释："所有人的法衣都一起送到洗衣房洗。包括换洗的法衣，所以任何人都能够轻易地偷出别人的衣服，即便在法衣上发现了硝烟反应，也未必就是那个人……"

就在这时，寻找钥匙的内野突然说道："啊，这个！"他从放置花瓶的台子旁站起身来，手中拿着一个青铜色的胸针。

"这不是凶手落下的东西吗？离门口很近。"

内野的语气与其说是炫耀自己的发现，倒不如说是不想引起别人的注意。

"这个东西……我有印象。"

耀子说，并把目光投向了青山。打定主意旁观的青山对于突如其来的怀疑手足无措。

"不……不是我。"

她膝盖颤抖，想要逃走，可是寺尾马上关上了门，盯着她说："这是你的吗？"

"胸针是我的……但人不是我杀的，我几天前就找不到这枚胸针了。"青山的脸色发青，为自己辩解道。

"可是，宗主的房间只让白山先生清扫，不用你来打扫吧？"内野追问。

"这么说来，我曾经看见过你在圣室和教堂周围鬼鬼祟祟，不过那时没太在意。"耀子又添了一把火。

"我也曾经看见过青山半夜里从通向石子路的那扇门回来。当时觉得她是去丢垃圾了，不过仔细想想，垃圾箱在厨房啊。"内野接着说道。关屋像是突然想起来什么一样："啊！宗主中弹的位置都在身体的右侧，也就是说有人从左侧开枪，岛上只有青山是左撇子。"

"我没有杀人。"

受到众人怀疑的青山，捂住耳朵蹲了下去，不过对她的攻击没有停止。

"是你杀的宗主吧？"

温柔的直美也用冰冷的目光看向青山，温柔的表情消失得无影无踪。旁边的寺尾压迫感极强地问道："你住到岛上来工作，却从不与我们交往，难道不是有什么目的吗？"

"我没有杀人，杀害老板的不是我！"

青山一边哭一边拼命地摇头。信徒们杀气腾腾，再这样下去青山会被他们生吞活剥。

麦卡托蹲到青山面前，语气缓和地说道："好了好了，明天警察来了就会真相大白，不要着急。"

"阿斯托罗先生，可是她有枪啊，不知道她会做出什么事来。"

寺尾的语气平和了许多，不过他把对青山憎恨的目光转向了麦卡托。

"所幸她现在没有拿枪。我们只要把她关起来就可以吧。再这样下去，你们一定会杀掉她，虽说是报仇，但是杀人总归是违背小针先生的教诲吧。"

麦卡托的话让众人陷入沉默，他们极力想恢复失衡的信仰和感情，渐渐地，每张脸都浮现出对狂热的后悔之情。

青山被关进了一个空房间，有人认为应该把她关起来，而窗户锁死的休息室正好空着，她就被关到了那里，饿一天问题不大，而且休息室里也有厕所。

或许是哭累了，青山毫无抵抗，像是人偶一样被扯着丝线提到了休息室中被关了起来，她失去了思考能力，满脸都是泪水和涎水，却不想着擦掉。

"你现在最好还是老实待在这里，明天我就能救你出来，你先忍忍，我不会骗你，相信我。"

麦卡托在青山耳边低语，随后无情地关上了门。

"门钥匙怎么办？"

寺尾盯着麦卡托，眼神中流露出不信任，他似乎还没有完全恢复理智。

"我绝对不是怀疑阿斯托罗先生……"

"那就也搬来衣柜堵在门口怎么样？"

这样一来，别墅一层楼的走廊里有两扇门门前都堵上了衣柜，这真是奇妙的景象。

7

信徒们软禁青山后多少都恢复了冷静。虽然没有在青山的房间里找到手枪，不过他们觉得手枪一定藏在了别墅的某个地方，他们还在青山的房间里发现了别墅的手绘平面图，觉得没有冤枉青山。

失去宗主的悲伤再一次袭来，所有信徒都阴沉着脸，十分失落。下午，他们在暴风雨中到教堂集合，开始了祈祷。

麦卡托不想让事情变得更加混乱，于是早早回到了自己的房间里，似乎不想再去调查。

那天的饭菜是管家白山做的，所有人都默默地吃饭……

夜深后，风渐渐平和下来。警察明天就能登岛，凶手会在警察赶到前乘游艇逃走吗？

麦卡托单手拿着玻璃酒杯，听着广播节目，这一次不是关于台风的新闻，而是FM广播。歌曲之间插播台风资讯时，他会不满地咂嘴。此时广播播放的是法兰克钢琴五重奏。

"青山就是凶手吗？"

这对麦卡托来说应该是一个打击。委托人小针被杀，另一个委托也没法完成了。而麦卡托并不搭理我。不过认识他这么多年了，我总觉得事情没有这么简单。

也就是说真凶另有其人。

"虽然明天就会真相大白,但是这样放凶手走真的好吗?"

我看他太安逸了,索性主动问了起来。

"一切就要收束了。"

"你不会因为委托人被杀就放手不管了吧?"

"不,我有委托人,刚刚白山委托我做事了,当然,报酬包括《卡特极纳经》。"

"真精明,那你更不能这么悠哉了,或者说……"

麦卡托耸耸肩,噗的一声笑出来。

"青山不是凶手,你刚才好像一直在担心她,但是不行,她得当我的秘书,她就是想趁乱抢走经书罢了,把她关起来,她才能安全。"

"原来如此,一石二鸟……但是如果凶手偷走经书逃跑了,你的打算不就落空了吗?"

"没关系,经书偷不走,凶手也不会逃。"

他能够如此肯定,看来案件已结,以前也是这样,但是我不知道他参透的真相是什么,完全想象不到。

"听口气你好像已经知道全部真相了,能说给我听听吗?凶手为何不会逃走?"

"好,反正事情肯定会这样发展的。"

他一开始就是这样打算的吧,点点头,又把酒杯送到嘴边。

"在圣室看到西洋钟的时候,我还不清楚凶手的目的,看到亚述神学书的时候也不懂,所以我的委托人才会被杀,这是我的错。不过今天早上,当我看到小针被枪击的尸体后,一切都连成线了。我弄清了椅子上为何垫书,钟为何被放下来。"

"为什么?"

"假设凶手想要制造小针自杀的假象,那就要让小针面向书桌坐到椅子上再开枪。如果子弹贯穿头颅,打到墙壁上无所谓,要是打到了钟上就会发出很大的响声,住在别墅里的人就会察觉,把钟放到地毯上,声音就会小许多。当场放下钟会让受害人起疑,所以要提前放下。圣室的钥匙特殊,只有一把,只要把钥匙放到死者口袋里,离开时从外面反锁门就能形成密室自杀的假象。"

麦卡托滔滔不绝地讲了起来,然而我一时间无法理解。

"凶手即便想伪装成死者自杀,可是身上的硝烟反应难道不会暴露真相吗?"

"只要让尸体手持手枪再开一枪就行了,书桌前的窗外是大海,子弹射出落到海里不会留下证据,只要捡起一个弹壳,就没人会想到圣室里曾经开过两枪,凶手之后只要冲淋浴、把法衣丢到洗衣间就好了。"

"可是凶手并没有这样做,而且小针马上就发现钟被放在了地上。"

"这个疑问已经有答案了,你想一下凶手为什么特意把小针的尸体运到石子路那里?如果站在管家白山的角度来思考，马上就能得出结论。"

突然让我站在白山的角度思考，我什么也没想出来，麦卡托似乎一开始就知道我会摇头，他叹了口气，调低了收音机的音量。

"如果你的窗前曾经出现过尸体，即使尸体被挪走了，你也会因为不想看到那里而拉上窗帘吧，没有人愿意抬头就看到杀人现场，至少要等这段记忆变淡。只有透过白山房间的窗户可以看到石子路，就是说凶手不想被管家看见，这样就能安心地走石子路，圣室开了灯也不会被发现，凶手今天晚上打算走石子路去圣室。如果凶手一个人，本可以趁着天黑做到，但是如果再带一人去，就必须做好这些准备。凶手想在圣室制造一起伪装成自杀的凶杀案。"

"凶手还会杀人！"

我大吃一惊，跳了起来，不过麦卡托依然悠哉地喝着红酒。或许是因为收音机的音量调小了，风敲打窗户的声音听起来很清晰。

"凶手的目标最开始就有两个人。如果不是这样——小针是唯一的目标，就应该将小针伪装成自杀。可是小针被发现时明显是他杀。凶手在谋划一场假象：杀掉小针的人知道自己逃不掉后自杀。凶手想以这样的方式收场。凶手通过天气预报得知这两天都有台风，明天就会风平浪静，警察就会登岛，凶手会在那之前实施计划，我们两人恰巧在这两天登岛，可以向警方提供客观的说明,如果只有信徒的说辞,警方不会轻易信服,而且因为恰巧在岛上,我们也会成为警方怀疑的对象。"

"我们登岛方便了凶手?"

"无论我们来不来,凶手都会行凶,台风对凶手来说才是重要的因素,在警察到来之前凶手有一天的时间。如今事情按照凶手的计划发展,青山成了众人怀疑的对象。"

"是凶手把胸针丢到小针房间里的?"

麦卡托微微点头。

"就像信徒们揭发的一样,许多人看到过青山的可疑行为,所以她是替罪羊的最佳人选,而且近距离瞄准小针的身体右侧打枪也并不难。"

"你这么清楚为什么还把她关起来。"

"我刚才说过了,这是为了她的安全。如果她和凶手在圣室相遇了,会发生什么?"

确实,这样的话青山可能会性命不保。

"如果再杀掉一个人并将其伪装成自杀的话,就会形成新的疑点。所以真凶必须留下一条假线索让人觉得杀掉小针的人已经下了必死的决心自杀。现在的证据未必能够指向真正的凶手,当然我说的不是胸针,那个太明显了,会让人生疑,导致真凶没时间进行下一步计划,留下的线索必须更有时间性:凶手心里有数,别人不清楚,警察来调查马上就能锁定目标,而且被陷害的人完全不会注意这一点。"

"那线索就是……那个东西!"

我终于渐渐明白麦卡托的推理了。

"对,符合条件的线索就在现场,就是小针喉咙里的头发。"

"头发是凶手留下的假线索吗?"

"应该是凶手提前在房间里收集好,之后塞到小针的喉咙里。第二个死者做梦也不会想到小针嘴里的头发竟然是自己的。等明天警察到了,就会发现密室中第二个死者的尸体,鉴定结果会显示小针嘴里的头发属于第二个死者,案件会以第二个死者杀人后自杀的结论结案。"

"那么真凶究竟是谁?"

我焦急地催促麦卡托,可是他说:"这谁知道呢?"

"都说到这里了,你就不要打岔了。"我烦躁不已,开始斥责他。

"现在还不清楚,不过明天就知道了。"

他的回答让我不明所以,我感到不对劲,他又在计划着什么?

"到底是怎么回事?"

我警惕地再度发问,麦卡托不厌烦地说道:"给你些提示,只要站在凶手的角度来猜想下一个受害者就行了。"

"下一个受害者?"

"对,有一些线索可以帮助我们推测下一个受害者。

其中之一就是书在椅子上压出的痕迹，那是凶手模拟现场时留下的线索。凶手为了能够达到受害人高度而用书来垫高自己，为的是检查除了钟是否还有其他预料之外的东西。凶手没有把书垫在脚下，而是坐到了上面，所以椅子上才有压痕。那本亚述神学的厚度不到五厘米，所以坐着时凶手比受害者要矮五厘米。日本人的坐高约等于身高的一半多一点，所以受害者要比凶手高十厘米。你好像关注了岛上所有人的身高，还记得吧？按照从高到低，依次是关屋一米八五，内野一米七五，白山一米七零，耀子和青山都是一米六五，寺尾一米五五，直美一米五零。"麦卡托停顿了一下，咽了口唾沫接着说道，"第二条线索就是凶手担心子弹会碰到书桌左侧的钟，这就说明凶手打算从右侧击中受害者的太阳穴，既然凶手要伪装成受害人自杀，那么受害人的惯用手是右手。又为了管家不愿看到石子路而把小针的尸体运到那里，所以管家不会遇害，小针喉咙里的头发是黑色，这对应杀害他的凶手——这次的受害者头发就是黑色。用这些条件来排除，个子最矮的直美不是受害者，左撇子青山不会是受害者，褐色头发的寺尾也不是受害者，七人中只有三人可能是受害者，这样一来事情就变得简单了，第一个线索是凶手比受害者低十厘米。如果一米八零的关屋是受害者，那么凶手就是比他矮十厘米的内野。如果一米七五的内野是受害者，那么凶手就是一米六五的耀子或青山，不过考虑到胸针，应该不会是青山,她不会做让别人怀疑自己的事,今天晚上凶手还要叫出受害人,哪会有人跟着嫌疑最大的人走?如果耀子是受害者,那么凶手就是一米五五的寺尾。"

"只要知道谁被杀就能锁定凶手……那受害者是谁?"麦卡托皱起了眉毛。

"同样的话你到底想让我说几遍?现在还不清楚谁是受害者,我只知道这三人都有可能被杀,概率一样。现在的圣室就像放着薛定谔的猫的盒子,内部的情况无法观察。不过不用担心,明天早上打开圣室的门,一切就会收束了。"

麦卡托毫不害臊地说着和哥本哈根一样的话,不过薛定谔的猫有一半的生存概率,而圣室里一定有人会死,他却打算见死不救。

"有人要被杀了,你却打算见死不救吗?你算是人吗?"

我十分愤怒,拍案而起,酒杯里的酒就要洒了出来。不过这是白费力气,麦卡托伸个懒腰嘲弄般说道:"我喝醉了,要睡了,明天的事情可多着呢。小针和下一个受害者运气好的话能凭借他们笃信的《卡特极纳经》复活吧。你要是这么有正义感,去阻止悲剧的发生不就行了吗?"

"对,我要去,我没想到你这么冷血,不把人命放在眼里!"我转身向房门走去,心里暗暗发誓离岛之后一定要和他分道扬镳,他不是恶魔,而是恶魔中的恶魔。

"不过我还是要给你一句忠告,凶手有枪,如果凶手知道自己的计划败露,没准会破罐子破摔,赤手空拳的你可要加油啊!"

我停下了脚步,明明必须早点赶到圣室,明明必须制止罪行,我却一动未动。

他补刀道:"怎么了,怎么不去了?"语气中满是挑衅之意。

生或是死……我的内心上演着哈姆雷特的戏码,不,是卡尔尼底斯之板①的诅咒吧。

不知道自己在门前站了多久,回过神来后背已经湿了一片。

我在烦恼什么?自己从来没有犯过罪,但是做过违背良心的事,而如今良心账上又要再添一笔了。

"我也困了。"我垂头丧气地离开了麦卡托的房间,不敢回头看他一眼,从来没有像今天一样感受到无能为力。

到了明天,这起乱七八糟的案件和我的苦恼一定会收束。

---

① 卡尔尼底斯之板源于希腊神话。海船遇难,船员纷纷跳下海。一个船员在海面上发现了一块木板,这块木板就是可以获得生存希望的卡尔尼底斯之板。这时另一个船员也漂到了这里,他希望这个人能救救他,但是,一块卡尔尼底斯之板只能救一个人,于是最先得到这块木板的人为了自己活命把那名海员推开了,失去了支撑的海员就这样淹死在了海里。

没有答案的绘本

1 高一（3）班

多云的秋日，放学时分，学生三三两两地离开教室。快到四点的时候，教室里只剩下五个人。操场上，足球队员正在铆足了劲训练，他们的目标是一个月后的地区比赛，一阵疾风吹得沙石飞舞，可是他们毫不在意。

"回家社团"的佐仓渚既羡慕又伤感地望着足球队员们。刚刚入学墨菲斯托学院那阵，她还想着参加个学生社团，不过一直犹豫不决，一眨眼半年过去了，此时再加入有些难为情，她就索性放弃了，成了"回家社团"的成员。

佐仓在初中时曾是篮球队员，但要在国家级比赛中拔得头筹，相应的训练量让她退缩了，她们球队的最好成绩仅仅是地方比赛的第八名。那时，她想着升入高中之后参加一个文化类的社团，觉得那种社团轻轻松松，成员们和蔼可亲。但是在她因为该去哪儿、该做什么而茫然的时候，就注定她不会参加社团。

"小渚，是因为秋天到了你才变得这么多愁善感吗？这可不像你。"

刚刚一直在编辑短信的信浓瑞穗调侃佐仓,信浓也是"回家社团"的成员。两人在入学高中后才相识,不过意气相投,总是在放学后一起赖在教室里。信浓只有一米四零,偏胖,外号是"小坦克",耳朵尖尖的,是个有魅力且坦率的朋友。

"我在想自己要是加入个社团就好了。"

"社团?怎么现在才想这件事?"信浓嗤嗤地笑道,"你要不要和我一起加入社团?我有一个喜欢的社团。"

信浓两眼放光,不过佐仓警觉地问道:

"什么社团?"

"矿物研究会,据说这个社团要进山挖石头,可能会挖到水晶和翡翠呢。"

"咱们学校确实有这个社团,不过你为什么突然想到了它?"

这个社团与喜欢时尚的信浓并不相配,她擅长挤进甩卖商场的人群,却不是进山闯林的类型。如果她去挖石头的话,花了她不少零花钱的美甲也会变得破破烂烂。

"因为男生!"旁边的水乡用嘶哑的声音解释,她那如鹰般犀利的眼神扫向两人,一副不耐烦的样子,"(2)班的飞骅①在矿物研究会。"

"你怎么知道?"被猜中心思的信浓说话声都高了一

---

① 飞骅也是日本岐阜县的一个地名。

个八度。

"显而易见，你的口味真是特殊，之前还喜欢日立来着吧？"

佐仓不知道飞骥的长相，无法评价，不过她倒是认识日立，这么说来信浓喜欢"蜥蜴脸"的男生。

"话说回来，你和日立后来怎么了？你当时不是还嚷嚷着要向他表白吗？"

佐仓想起信浓曾经缠着她出主意，问她该如何表白才好。

信浓若无其事地说道："日立好像都有女朋友了。"

"你说得真轻描淡写啊！"

佐仓有些失望，心想当初闹那么凶到底算什么？

"那是因为我不喜欢在感情上拖泥带水，而且横刀夺爱一点也不酷。"

"那么矿物研究会就酷了？"

信浓一直喜欢酷酷的东西，可是她喜欢日立的时候也是犹豫不决的。

"酷……倒是算不上，不过不畏困难，坚持挖到底的精神很酷。"

信浓没有看佐仓，而是望向天花板，她一定是在胡思乱想加入矿物研究会后遇到的问题，陶醉其中。

不过佐仓不打算和她一起加入矿物研究会。因为信浓的热情来得快，去得也快，和她一起加入，几个月之后她一定会退出，到时候就只剩下自己了。

"全国人都会为你的坚强而感动呢。"

水乡抱着胳膊叹息道。

就在这时候,教室摇晃起来。

"刚刚的地震有点大啊。"

震动停止后,蹲到书桌下的水乡尖声说道,平时强势又尖酸刻薄、不过办事靠谱的她却惧怕地震。

"难道是大地震?"

小坦克稳稳地扶住水乡的腰说道:"没关系,这里是四楼,所以震感明显,外面应该什么都感受不到吧。"

街上完全没有变化,操场上的足球队员像是什么都没有发生过一样,接着练习。

"你们两个真是大惊小怪。"

佐仓看起来镇定自若,不过刚刚有一瞬间她也慌了。如果教室里只有她一个人的话,她也会慌忙地钻到书桌下面。

教室里的两个男生相互看了看对方,他们听见刚刚水乡说的那句话了。

"真是吓我一跳。我们到底造了什么孽?都怪这栋破烂教学楼。"

信浓埋怨道,踢了一脚墙。

"也不是这么说,那栋泡沫经济时期建的教学楼才是豆腐渣工程,现在更夸张。不过确实,我们这一栋老旧教学楼实在没法恭维。"

恢复冷静的水乡声音低沉地解释起来。

"不会裂缝了吧？"信浓仔细检查墙壁的时候，门开了。

"大家都没事吧？"推门进来的是穿着白色衣服的物理老师那须野山彦，高个子，脸色总是呈现出病态的苍白。

佐仓立刻回答道："没事。"

"那就好，刚才的震感很强。"

高亢的声音，关心的态度。那须野老师讲课时也是高亢的声音。

"老师您没事吧，理科准备室里面全是物品。"

"啊，没关系，也没有怕摔的东西，不过字幕上说震级很大。"

那须野嘟嘟囔囔，转身弯腰离开了教室。

佐仓问："什么字幕？"

"应该是电视上播报地震消息的字幕吧，估计那叔在准备室里偷偷看动漫。"

水乡解释时一脸嫌弃。

那须野三十多岁，喜欢美少女题材的动漫和游戏，就是所谓的宅男性格。几年前，出现了一个名叫"那叔的幻想文学"的网站，创立者正是那须野，不过他隐去了真实身份。去年暑假前，这件事被一个学生发现了。说他粗心大意也不为过，因为他在网站的日志上详细地写下了对教师生活的抱怨，所以轻易就被锁定了真实身份。当然，发现这个秘密的学生也是一个御宅族。

网站的事马上就在全校学生之间传开，由于网站上刊登过十八禁游戏的攻略，家长会炸了锅。不知道是被投诉，还是学校施压，不久后网站就关了，所以佐仓没看过网站。

信浓和水乡似乎看过这个网站，一直吐槽内容恶心，所以在私下里没好气地叫那须野老师那叔，瞧不起他。那须野以前就因为说话风格阴郁而不受学生们爱戴，网站的事情败露后，学生们没觉得惊讶而是认为理应如此，对他的负面评价说不上更差，只是瞧不起他而已。学生们都嘲笑他："哪有女人会看上那叔？"

"那须野老师很悠哉啊。"佐仓叹了口气，"我们要期中考试了，他还能看电视。"

"这次好像是他出题。"

水乡说这几天那须野都是抱着电脑来上班的，放学后在理科准备室里出题。

理科准备室可以说是那须野的大本营，或许是因为他不善于人际交往，经常一整天都独自待在准备室里而不去办公室，其他理科老师也基本不会去准备室。网站事件之前是这样，之后就更没人去了，现在的理科准备室几乎成了那须野的专属办公室。

准备室和高一年级的教室都在教学楼的四层。东西走向走廊的南侧是教室，北侧是理科室和准备室，准备室的对门刚好是高一（2）班，（3）班和（2）班之间是走廊的拐角，所以佐仓所在的（3）班看不到准备室。

消防楼梯

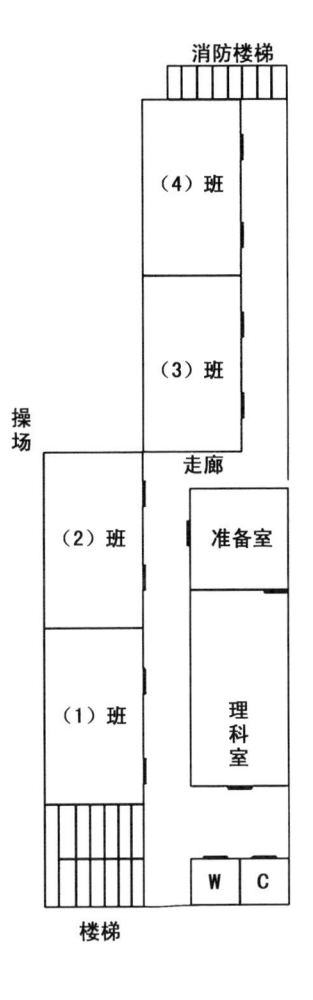

（4）班

（3）班

操场

走廊

（2）班

准备室

（1）班

理科室

W C

楼梯

墨菲斯托学院四层平面图

把准备室作为自己大本营的那叔在四层是"楼霸"般的存在，其他老师很少到四层来，佐仓她们也因此能够在放学后不回家，留在教室里磨磨蹭蹭。

"决定我们成绩的题目是老师一边看少女动漫一边出的咯？"佐仓特别不擅长物理，她的数学和化学都还可以，唯独物理知识完全不进脑子。高一学年的物理和化学是必修课，等到高二就可以选修了。随着物理考试临近，佐仓时常出现期望快点升到高二的想法。

"很遗憾，事实就是这样，不过第一学期的期中考试就是那叔出的题，题目简单易懂，与全是陷阱的期末考试相比好多了。"没想到水乡竟然会说那须野的好话。

"你是物理学得好才会这么说，对我来说都一样。"

"不是啊，我最近也觉得物理变难了，上次期末考试完全掉进题目的陷阱里了。"

"我的期中期末都在及格线边缘。"

信浓插话说道，她刚刚一直在摆弄手机，应该是在手机上聊地震的事。

"如果不及格，必须要找那叔补课吗？"

"对，要是运气不好你可能要和那叔一对一补课了。"

"天啊！小渚，咱们一起不及格吧！"信浓摇晃佐仓的肩膀，求她一起接受补课。

"我不要。"佐仓冰冷地拒绝了信浓的请求。她虽然不擅长物理，但还不至于不及格，而且如果傻乎乎地答应信浓，没准最后她努力及格了，自己却信守承诺不及格。

"你真冷血啊……要不我们送那叔手办来换考试题吧！"

"这么简单就能被收买那叔吗？"水乡冷冷地看着信浓，"他刚经历网站的事，被骂得够呛，不会做这么冒险的事，而且你能想到的手办，估计那叔早就有了。"

"是嘛……"信浓一脸失望，没想到她是认真的。

"现在广播一则通知：那须野老师，您有访客，请到办公室。那须野老师，您有访客，请到办公室。"

墙角的喇叭传来广播站女播音员的声音，墙上的钟显示时间是四点二十分。

"那叔的访客会是谁？御宅族朋友吗？"

"御宅族属性再怎么强也不会直接来学校，没准是催债的。那叔没什么钱，一直都穷得叮当响，他把工资全都花在动漫光盘和手办上了。"

水乡说得很有道理，或许她是在那叔的网站上得知的消息。

"有可能，他是不是曾在网站上写过自己花工资买下一人高的手办模型？"

信浓立刻同意了水乡的猜测，真不知道那须野老师在这两人的眼中究竟是怎样的形象。

"哦，对了，我有事要找春佳来着，不知道她还在不在了。"

水乡想起有事要办，急匆匆地离开了教室。春佳是她的发小，在（4）班。

回过神来，濑户和宗谷两个男生已经离开了教室，刚才还有些热闹的教室现在只剩下信浓和佐仓两个人，灯开着，却有些昏暗。

"还是回家吧……"佐仓自言自语道。

"我们去矿物研究会看看怎么样？他们现在应该还没结束。"

信浓抓住佐仓的胳膊不让她离开。

"你怎么还说这件事？我可不想去山里挖石头。"

"在进山的日子请假不就行了吗？"

"那为什么还要参加？"

"矿物研究会怎么了？"

回头发现说话的是（1）班的凰明日香，她从初中起就是佐仓的朋友，两人当时都是篮球队替补队员，不过凰很高，运动神经发达，只是因为膝盖受伤而不得已坐了冷板凳。

"小渚，你还没回家呢，我们班的男生在教室里看动漫，真是吵死了，我来你这寻清静。"

凰皱着眉毛，抱怨起来。

"看动漫的是稻叶吧？"

"对，就是那个肥宅，浅间也和他一起看，外放声音，不顾羞耻，真不知道他们在想什么。"

凰相当生气，一脚踢到了墙上，力气远比刚才信浓的那一脚要大。

"你们刚刚说什么要进山,是去郊游吗?"

"瑞穗问我要不要加入矿物研究会。"

"欸?还有这个社团呢?信浓同学,没看出来你是户外型。"

看着表情满是钦佩的凰,佐仓犹豫要不要说出真相,不过她突然看到信浓在向她使眼色。信浓一直不擅长和凰相处,应该不想让凰知道真相。有好几次凰来找佐仓,信浓都会故意走开,可是凰却完全没有注意到这一点。

"下次大家一起去郊游怎么样?还能吃个户外烧烤什么的。"

信浓不知道该如何回答这个意料之外的邀请。

这时候门被推开,(4)班的土岐稔走了进来问道:"八云在吗?"

"八云早就走了。"

佐仓说完,不料土岐抱怨起来:

"那家伙怎么回事,最近态度冷淡,我怎么惹到他了?"

"你问我,我也不知道。"

"你说得对,不好意思。"

或许是想发泄不满,土岐做出了一个十分标准的投球动作。

"话说回来,土岐你怎么没加入棒球队?"

佐仓和土岐曾在同一所初中读书，她知道土岐初中时是王牌的左手投手，当时的棒球队和篮球队不一样，是一支可以打进县级比赛的强劲队伍。

"我爸要我升高中后专心学习，棒球到此为止，要是想打棒球，就不要读这所高中。"

土岐的父亲是公务员，而且是高官，毫无疑问他是一位鸡娃的父亲。

"说得也是，咱们高中的棒球队目标就是通过第一轮晋级，想到甲子园比赛简直是做梦。"

土岐又一次做出投球动作时，广播又响了起来："那须野老师，您有访客，请到办公室。那须野老师，您有访客，请到办公室。"

这次广播员的声音比上一次生硬了一些。

"莫非那叔因为看动漫而没去办公室？"

"怎么会，不至于吧？也许他回家了。"

信浓觉得话题已经转移，松了一口气，提高了嗓门。

"可是他的车还在。"

佐仓指了指操场边上的停车场。所有人都知道那辆白色厢式轿车是那须野的车，车子的款式很普通，不过前盖和车窗都贴着"丸九"，他解释说，车是从一个开酱油坊的朋友那里买来的，而酱油坊的名字是"丸九"。不过网站事件之后，有人发现这辆车其实是模仿了一部动漫里的车。在那一部动漫中，"丸九"可以变形成三个连环的心形标记。

那须野毫不害羞地把这样一辆车停在了校园里。

"他可能睡着了。"

那须野经常睡不醒,上课都会打盹,和学生一样,第一节和第五节课是最容易犯困的时候,他甚至会站在黑板前拿着粉笔打瞌睡。

看到无聊的物理课泡汤,学生们十分高兴,所以也就没有人告发那须野上课睡觉。可是,校长在第二学期的开学典礼上发言时,那须野竟然坐在下面睡着了,还打呼噜,为此挨了好一顿批评。

"有可能。'那叔准备室'就在斜对过,咱们去叫他吧。"

"小渚,莫非你喜欢那叔?我可不去,那房间里烟味太重了。"

那须野是烟鬼,只要不上课就会躲在准备室里吞云吐雾。学生们曾经多次见到他烟灰缸里的烟头堆成小山。

虽然越来越多的学校在校内禁烟,但不知为什么墨菲斯托学院还允许教师抽烟。

"瞌睡大王那叔又显神通了,不过刚才已经广播过一次了吗?"土岐问。

"你的耳朵聋了,要不就是犯傻没听到。"凰咧开嘴嘲笑土岐,土岐表情难看。

"你真烦,健康可是我最大的优点。"

土岐挺起胸膛。

"那好吧。"凰夸张地耸了耸肩，转向信浓，"哦，对了，刚刚咱们说的郊游……"

"哦，我想起来我还有点事。"

信浓连忙编了一个理由飞快逃出了教室。

"这么慌张……"

"小坦克嘛，不经常活动就死了。"佐仓巧妙地糊弄过去，没什么猜疑心的凰似乎也没多想，转身也要离开教室。

"你要去哪儿？"土岐叫住了她。

"不要问淑女这种问题。"

凰的回答很直白，随即离开了教室。

"什么嘛，不知道这家伙是淑女还是傻瓜。"

"是淑女吧，不过不太会说话。"佐仓无奈地打着圆场。

转眼间，教室里只剩下佐仓和土岐两个人。土岐似乎还留恋社团活动，一直看着足球队训练的情景。

"我说，土岐。"

"嗯？"

"你和明日香合得来。"

"是吗？"

"看起来和我相比，你和她说话要更高兴。"

佐仓也不知道自己在说些什么，只是感觉因为紧张，口气都变得生硬了。

"我哪里高兴了，那家伙说话惹人烦。"

从土岐的表情中看不出任何内心戏。

"果然你也……"

"什么果然？"

"不，没什么。"

"佐仓，你是个奇怪的人。"

土岐无意中的一句话击中了佐仓的内心。他再次向操场望去，而佐仓一直盯着他看，不知道怎样再次搭话。

"你看我做什么？"

土岐注意到佐仓的视线，回头问她。

"没……没事。"

佐仓立刻低头，她不知道该怎么回答才好，只好沉默不语。

打破沉默的是（4）班的鸟海春佳，她透过窗户看到佐仓他们就匆忙开门，一张嘴就是："哟，你们两个关系不错嘛，什么时候开始的？"

鸟海是出了名的看热闹不嫌事大，她兴奋地大呼小叫起来。

"我是不是打扰你们了？"

土岐先开口回答了她：

"打扰什么，你这么说，会让佐仓不舒服。"

"你强调佐仓听了不舒服，就是说你无所谓咯？"

"我是男生，有一两个流言算不了什么。"

土岐再一次挺起胸膛，这时凰明日香和玄海美咲一起走进了教室，她们好像是在门口碰见的。

"怎么回事？打情骂俏？"

整个教室都回荡着凰的声音。

"谁和谁打情骂俏了？你把话说清楚。"

土岐提高了嗓门，看来他是烦了。

这期间佐仓一直低头不语，不过随着教室里的人越来越多她反倒松了口气。

这时候，响起了第三次广播。

2　高一（1）班

学校是什么？

浅间疾风经常思考这个问题，不知道从什么时候开始，他觉得学校就是一间工厂。每年都购入大量的零件，通过流水线的一道道工序，经过三年的组装，在三月份出货。而学生也就是大宗生产的商品。学生在教室这个生产设备里被放到课程的传送带上加工，教师们会经常检查生产设备里有没有劣质品，学生都有商业价值，但是没有个性。

对学校来说，重要的是升学率、偏差值、体育成绩，这些都是一个个学生的产物，不过具体是谁贡献的并不重要，只要有人为学校做就行了。特别是偏差值，本身就是以平均值为前提的指标，为此学校不会干预个体，而是想办法提高整体水平。

望着窗外，浅间深深地叹了一口气。足球队为了学校的荣誉在操场刻苦训练，他们没有意识到这一点，而是单纯为了自己的目的，为了胜利而卖力练习。足球队由于和学校有共同利益，所以获得了场地和资金，校园里的足球运动不过如此。足球队常常晋级县级比赛，而且电视上播放全国联赛的频率越高，足球运动就越受关注，足球队从学校那里得到的东西就越多。相应的，比赛成绩差、知名度低的社团，得到学校的嘉奖就少。

朋友笑话他为什么考虑这么多，觉得不要管学校怎么打算，只要自己开心就行。这种事也不仅仅发生在学校，社会也是如此，朋友比浅间要想得开。

或许他们说的都是对的。升入高中读书的这半年时间里，浅间总是心烦意乱，可是他在初中的时候并非如此，这令他迷惑不解。初中比现在规矩还多还烦，他每天都很憋屈，不过当时所有的不满都是针对老师。升入高中以后，他开始意识到学校这一主体的存在，随即体验到一种无力感——自己再怎么挣扎也不过就是一颗小小的棋子。

虽说如此，浅间也没有翘课学坏，一方面因为胆小不至于如此，另一方面因为他觉得学校已经考虑到"产品"有不合格率，没有一家工厂的设备会生产出百分之百合格的产品。

对于抱有这种想法的浅间来说，放学后是唯一让他感到解放的时间，那是在学校却不用被强加任务的时间，是学校给予的短暂的自由时光。不过每到下午六点钟学生就要被赶走，只有加入社团的学生才有权利在六点之后接着留在学校。浅间明白，放学后留在学校的两个半小时是自己唯一能做到的抵抗，反抗学校想要学生早点回家后好收工的意图。

（1）班的教室里还有五名"回家社团"的成员，虽然这几个人的想法不一样，但是浅间自顾自地认为其他几个人的想法和自己一样。

"那叔看的动漫就是这一部。"

一直专注地看手机的稻叶武藏笑眯眯地举起手机展示起来，屏幕上播放着一个小学生女孩被怪兽追赶的场景。

"这部动漫哪里有意思？小孩子才会喜欢吧？"

浅间用厌恶的口气说道。这所学校里御宅族太多了，眼前的稻叶就是其中一人。

"成人也会喜欢这部动漫，每一集都蕴含着人生的苦难道理，特别是前三集。"

"好吧好吧。"

和稻叶说起这个话题就会没完没了。明明回家可以看，他却还是要特意在学校用小小的手机看，或许就是因为自由吧。不过浅间隐隐感觉到御宅族们的兴趣爱好被商业资本所控制，就操作人这一点来说，学校与之相比就是小巫见大巫了。

"刚才那叔说的就是这部动漫吧。"

没到四点钟地震那一阵，那叔到这里看了一眼，他好像有事匆匆离开了，不过走的时候留下一句"今天不能错过"，让人摸不着头脑。稻叶解释了这一句话。

"你怎么不认真看？"

"因为我录下来了。真羡慕那叔啊！买下了首发光碟，还有限量款手办。"

稻叶是发自内心地羡慕。不过要是工作以后还像那叔一样痴迷动漫会怎么样？听说他在网上宣传攻略女高中生的色情游戏。

那须野的网站被发现后，大多数学生都瞧不起他，只有稻叶的反应不同，他在网站事件败露之前就浏览过那个网站，还在评论区留言，后来得知网站的创始人就是学校的老师，竟然还怀有一丝敬意。

"你不如拜他为师吧。"

"还是算了吧。"

稻叶似乎在意面子，没有气魄和因喜爱洛丽塔而饱受争议的老师在兴趣方面结伴而行。

"那须野老师，您有访客，请到办公室。那须野老师，您有访客，请到办公室。"校园广播响了起来。

"那叔看不成了，真可怜。"

稻叶用同情的语气小声说道。

"他有光盘。"

"动漫这东西，无论看过多少次，都讨厌被打断。而且今天这一集是前半部的高潮。"

"还有这回事啊。"

"你喜欢听歌吧？听自己喜欢的歌听到一半被打扰你也会生气吧？"

虽然明白了他想说的话，不过听到稻叶把音乐和动漫相提并论，浅间有些不爽。

"喂！疾风！"

（2）班的草津北斗呼喊着浅间的名字走进了教室。

"你怎么和稻叶混在一起，还一起看动漫，看来你也变成秋叶原一族了。"

"你也这样就好了，喜欢上就觉得有趣了，还很深奥。"

"什么'也'？我可没有。"

浅间立刻否认草津那句让人误解的话。

"我就不了。"草津干脆利落地拒绝了他，"我找你是要说爱比安演唱会的事。"

"你买到票了？"

"嗯，费了好大工夫，不过位置不太好。"草津挺起了胸膛，像是在等浅间的热情夸奖。

"北斗你真厉害！我就知道你能行！"

"欸，原来你喜欢爱比安，你知道吗？爱比安明年开始就要唱美少女动漫的片头曲了。"

稻叶得意地插嘴。

"不可能！"

"爱比安为什么会……"

浅间和草津两个人面面相觑。

"毕竟动漫是一个大市场，动漫主题曲常常登顶音乐热榜，我想爱比安也是想借此机会打响名气吧。"

稻叶的话就像在说：要靠动漫才能有人气。这让浅间有些恼火，草津似乎也生气了。

"要是堕落到那种程度，我就脱粉。"草津皱起眉头，小声嘟囔道。

"欸，是吗？你这个乐队的粉丝倒是爱恨分明。"

"别小瞧我对爱比安的热爱。"

"那就和我一起看这部动漫吧！快乐倍增！导演之前拍过大火的动漫，他的拍摄手法和人物塑造都得到很高的评价。剧本之前……"

"我什么时候说要看动漫了？只听完片头曲就换台，我肯定这么做！"

"别耍性子嘛，不看看怎么知道自己讨厌呢？"

稻叶极力推荐，草津顽固地拒绝，在一旁的浅间暗自思忖：无论是动漫还是音乐，粉丝最终都是任人摆布的棋子。

在争吵声中，动漫结束了。过了一分钟左右，广播又播报起相同的内容。

"那叔难道放了访客鸽子？"

草津不再争吵，惊讶地说道。

"话说回来，我最近都没在走廊里见过他，这可不妙，他前不久因为网站的事饱受批评。"

草津并非时时刻刻都盯着走廊看，所以并没有什么自信，浅间最近也没怎么看到那叔。只有稻叶态度不同，他说："不愧是那叔，做事别具一格。"

"传道授业的老师不可能因为动漫就随便放人家鸽子，就算是我在听爱比安也会去的。"

"所以才不得了，不过动漫都播完了，难道他还在回味余韵？"

"余韵？看这种动漫还能体会到余韵，那不是疯魔了吗？"

"你真烦啊，嘴上说得好听，你看迪士尼电影不也落泪吗？"

稻叶无数次拿这件事回怼浅间，不过他好像想到了什么。

"哦，对了，我忘记把光盘还给甲斐了。"

他拎起书包慌忙跑出了教室。甲斐是稻叶在（2）班的御宅族好友。

"稻叶病得可不轻，将来会成为那叔第二。"

草津双手掐腰，叹了口气。

"你别说了，那家伙也和我们一样，享受有限的自由。"

"什么意思？不过，如果爱比安被人诋毁我也会生气。网上对上一张专辑的评价差，我就很生气，不过我和稻叶那家伙根本不一样，你说对吧？"

"对，你也别把我和他相提并论。"

"爱比安和动漫根本就是两样东西。"

浅间注意到草津的语气变弱了,甚至觉得草津受到影响而被洗脑了。当然他没有说出口。在两人说话的时候,第三次广播响了起来。

草津留下一句"我想起来有点小事"就离开了教室。

没过一会儿,稻叶又回来了,他佝偻着腰,表情有些落寞。

"你很快啊!我还以为你肯定会和甲斐聊很久呢。"

稻叶搔了搔头,说道:"我们有些观点不一致。"

"好吧。"很明显,如果追问这个话题会变得没完没了,浅间迅速结束了话题,转而说道,"广播还在找那叔。"

"哦,是吗?我没注意,他回家了吧。"

"可他的车还在学校里。"

浅间看着停车场说道。

"那有可能是睡着了。"

"有可能,你去叫醒他。"

"我不去,被叫醒的老师心情不好,而且他那一间屋子总是一股烟味……刚才甲斐他们说双马尾现在过时了。"

结果无聊话题还是开始了,浅间环顾四周想要找人帮助自己,不过所有人都察觉到了这一点而佯装不知,就在他即将放弃的时候,(2)班的儿玉光走进了教室。浅间大声地和她打招呼。

"浅间，你和稻叶两个人在角落里聊宅男话题吗？"

儿玉说话永远都是这么刻薄。

"别和草津说一样的话！"

"是吗？草津也说过？"

儿玉毫不隐讳自己厌恶的神情。

"真不相信我和那种乐队宅会想到一起去。"

"别这么说，爱比安现在就是草津生活的全部。"浅间苦笑着说。

"可他不就只是听音乐吗？既然那么喜欢自己也弹吉他啊！光说不练的宅男！"

"我每天都练习画漫画，不是光说不练咯！"

"就你会抖机灵，哪有那么简单。"儿玉瞪了稻叶一眼，接着问浅间："你喊我做什么？"

"也没什么。"

浅间心想必须要叫住儿玉，便拼命地思考话题，可是什么也没有想出来。几分钟后，第四遍广播响了起来。

"广播还在找那叔，都播四回了。"

"欸？是吗？可我是第一次听到广播。"

"你刚才是不是在走廊里啊。"

广播在教室里可以听见，在走廊或是楼梯就听不见了，所以经常有学生在缓步台聊天导致没听到上课铃声。

"可能是，不过我基本都在教室里，稻叶你听到几次了？"

"我听到三次了，刚才去（2）班的时候好像也播报了,不过我没听到。"

"是不是喇叭因为地震坏掉了?"

浅间佩服地说道:"你很敏锐,那样的话必须得告诉老师一声,理科准备室的喇叭可能也坏掉了。"

"不过也不排除他睡着的可能性。稻叶,你深得那叔真传,你去告诉他吧。"

"凭什么我去?"

稻叶好像受到了惊吓,后退了一步。

"你怎么会不愿意?那叔正经历危机,发生过网站的事,再这样下去他就要被开除了。"

儿玉有施虐者的气质,眼神闪烁着恶意,威胁起稻叶。

"你这么讨厌烟味吗?"

"也不是,我爸也抽烟,就是害怕和他直接说话。"

原来真正的理由是这个。如果那叔是爱比安乐队的成员,自己会怎么做?浅间思考不出答案。不过换作草津,即便没有事也一定会去找那叔。

"这是一次很好的机会啊。你真是,为什么宅男这么优柔寡断,明明崇拜的人就在身边却不敢去见他。"

儿玉烦躁地提高音量,这时,化学老师水上和一个商务风的男子路过。

"他们终于等得不耐烦直接来找那叔了。"

稻叶长舒一口气。不过没过多久,就传来了男人的尖叫声。

理科准备室在（2）班的对面，浅间他们赶到的时候，已经有几个学生站在门口向里面望去，视线穿过他们拥挤的背影，看到刚刚路过的那位商务男站在里面。

准备室布局狭长，从门口到里面摆放着不锈钢架子和橱柜，屋子最里边是一扇挂着窗帘的窗户。窗户前是那叔的书桌，书桌上的笔记本电脑开着，鼠标不在桌面而是悬空吊在右侧。水上老师蹲在书桌的右侧查看着什么，仔细一看是一个身着白衣的男人俯身倒在瓷砖地上，那就是那叔。

"快报警！"

水上老师站起身来回头，表情僵硬地喊叫起来。

那叔的电脑反复播放着动漫主人公的变身场景，水上老师站起身来，身体碰到鼠标的一瞬间动画消失了，取而代之的是文档的编辑界面。

房间里安静了下来。浅间觉得那叔生命的最后灯光也熄灭了。

3

"话说，"麦卡托交叉伸直的双腿，问眼前的男子，"你为什么来找我？案发不过两天就有警方来找我，真是难以想象。"

男子没有接过递给他的咖啡，表情严肃地说道：

"必须说原因吗？"

"当然了，案件本身并不稀奇，就是杀人案，不过案发地点位于高中校园里，媒体一定炸了锅吧？如果是墨菲斯托学院的校长来委托我，倒是不难理解，我不明白为什么身为警察局长的你竟然会来找我。考虑到我们之间紧张的关系，我不得不多想，就在不久前我还让你的手下丢尽了面子。很难说我们之间的关系有多友好，这种情况下，认为你来找我是为了给我设下陷阱也情有可原吧。"

男子皱着眉头盯着麦卡托，他没有想到自己作为一名警察说出的话竟然会被民间侦探怀疑。在自家房间里还穿着晚礼服、戴着礼帽的麦卡托在这个男子的眼中究竟是怎样的形象呢？

如果我是委托人，肯定会立刻起身去找别的侦探，不过眼前的男子很能忍耐。

"看来你不相信我，我可是不顾屈辱来到这里。"

"在我看来并非如此，如果是为了给我下套你不用亲自来，完全可以找一个不会留下后患的人来，这一点也让我觉得不可思议。"

"你说得对，不如用你擅长的推理来猜一猜我找你的理由？我虽说对你的手段有些耳闻，但并非完全相信。"

"好啊，没想到委托人会来挑战我。"

麦卡托夸张地举起双手，愉快地微笑。

"在案发现场的学生中有你的亲戚，虽然不是直系亲属，是那种稍微调查一下就能知道的近亲。你在警局的地位并不像看上去那么牢固，有反对势力想要伺机拉你下马。就是所谓的权斗，我对这个不感兴趣。如果亲戚在案发现场的事被媒体知道了，即便最后证实不是凶手，在这期间你也不得不被迫让步。案件拖得越久对你越不利，你在警局内外的对手就会故意放出消息说迟迟不破案是因为真凶是你的亲戚，而你想把这件事压下去。为了解决后顾之忧你想快速破案，即便是借助警局之外的力量也无所谓。我说得对吧？"

"你是怎么知道这么详细的？"

男子惊讶得合不上嘴，仿佛要从沙发上跌坐下来。

"很简单，因为我有能力。"

麦卡托整理了自己的衣领，自豪地挺直了腰板。

"你是怎么知道的？"

男子离开后，我问麦卡托。他转过白皙的脸面向我：

"很简单，他给我看学生照片的时候，其中一个学生和他的耳朵长得一样，都是尖耳朵，我观察到了这一点。"

他从堆满桌子的照片中拿出一张，照片上的女学生名叫信浓瑞穗，确实和委托人长得很像。

"什么嘛，道理很简单啊，我要是看到了照片也能推理出来……"

"这不简单，一切都基于观察。这是你花费一生也做不到的事。得知推理的由来后普通人只会佩服，而笨蛋才会觉得自己也能做到，你就是笨蛋中的笨蛋，不如被拉到山里喂老虎。"

"反正我也不聪明。你打算去那所学校看看？"

委托人说案发现场有可以信赖的刑警可以协助麦卡托调查，应该是他的亲信。

"只有警方同意，否则很难得到全面的配合，我在教育局有些门路，要借此取得学校的配合。虽然我讨厌这个委托人，不过既然接手了，这个案子就要快一点破案，不然有损我的名声。"

他所说的门路，肯定是对不法行为睁一只眼闭一只眼送出去的人情。

"既然你对委托人不满，为什么还要接受委托，酬劳也不多，这不像你的作风。"

"你刚才来我这里的时候没有遇到什么人吗？"

他把刚刚放到委托人面前的冷咖啡递给了我，他是觉得我喝这个就行了。

"在大楼门口遇到了一个戴墨镜穿西装的男人，看上去不是一个正经人。"

"对，就是他。"麦卡托微微点了点头。

"他的女儿也在案发现场，而他正是警察的对头，如果案情迟迟没有进展，他女儿没准会最先成为替罪羊，他担心会发生这样的事，所以来委托我。他还说想让儿子继承他的家业，让女儿过上普通人的生活。"

"就是说早在警察局长来之前你就已经接下了这桩案子？反正都是你的工作，隐瞒之前的委托你就可以拿两份报酬，大赚一笔。"

"既然他没有毫无保留，那我也没有义务实话实说吧，而且想早点破案的目的是相同的，我并不愧疚。"

麦卡托表情冷峻，倒在躺椅上。

"美袋，你还对我有什么不满吗？"

"没有了。"

我一口气喝光了冷咖啡。

4

"受害人是那须野山彦，在墨菲斯托学院教物理，同时是高一（2）班的副班主任。死因是头部遭到撞击，被人用玻璃烟灰缸击打五次，当场死亡，现场没有反抗的痕迹，应该是遭到了意料之外的袭击。不过左侧太阳穴有最初的伤痕，所以并不是凶手悄悄从背后发动袭击，现场也没有被翻动的痕迹。"

一名刑警皱着眉毛说明现场的情况，他大约有四十五岁，个子不高，严肃的表情告诉别人他经受过无数的历练。虽然是上司的命令，但还是能够看出来他并不愿意给侦探介绍情况。

虽然已经过去了三天，案发现场准备室仍旧飘浮着死亡的气息。当然，房间早已经通过风，也被除了异味，不过凶杀案的氛围并没有消失。所幸受害人被击打五次却没有流多少血，只要将准备室稍微装修一下就能除去血腥味。等风头过去，老师和学生又会使用这个房间了。

被害者倒在书桌与通往理科室的门之间,头朝向这扇门,脚朝向准备室的入口,被发现时已经俯卧身亡。倒下后还被凶手骑在身上殴打,除了第一创伤之外,其余的伤主要集中在后脑的右侧。

"应该是熟人作案,凶手是右撇子,不过五次击打有些多,或许凶手对死者有强烈的恨意。"

"这不好说,如果是锐器刺杀还好说,即便是凶手临时起意,这种程度的钝器击杀很常见。"

中年刑警没好气地嘲笑起来。麦卡托露出了阴森的笑容。

"我只是试探你一下,你是奉命才来接待我的吧,为了不辜负上司的信任,我劝你还是端正态度。"

刑警咽下了嘴边的话,弄清了自己的立场,接着叽叽咕咕地说明情况。

"五处伤口中的四处明显是被凶手用烟灰缸殴打形成的,只有一处是用方形带棱角的东西击打形成的。"

"方形?不是烟灰缸?"

麦卡托扬起了右侧的眉毛。

"对,烟灰缸是圆形的,而那一处伤口明显是用有棱角的东西击打形成的。"

"没有可能是受害者倒下时撞到了哪里吗?"麦卡托想要排除这一可能性。

"这一处伤口没有生活反应,肯定是死后形成的,后脑的三处伤口有生活反应。①"

"就是说凶手用烟灰缸击打受害者的太阳穴，使其倒地后又三次击打其脑后。为什么受害者死后凶手还要用有棱角的物品击打尸体？这确实有些不可思议，击打的位置是哪里？"

"后脑左侧耳朵以上的水平位置，哦，不对，既然受害者俯身倒在地上，那么应该说是垂直位置比较妥当。"

刑警用手指在自己的后脑勺那里比画。

"凶器变化了，击打位置也变化了，凶手仿佛在用打高尔夫的技巧击打倒地气绝的尸体。有没有可能是凶手搬运尸体的时候造成的伤口？"

"从现场的情况来看，没有迹象表明受害者被杀害后移动过。"

"事情变得有意思了，我还以为这是一起无聊的命案，轻松就能解决呢。"

刑警对麦卡托的狂妄言辞十分不满，但是没有发作，他或许是因为工作而决心完成上司交办的使命。

"我们推测凶杀发生在下午四点至五点间。有两名发现者，一名是死者的同事、化学老师水上，另一名是燕子玻璃公司的职员，职员发现死者后的尖叫声引来了教室里的学生。"

---

① 生活反应是指暴力作用于生活机体时，在损伤局部及全身出现的防卫反应。根据生活反应可确定受伤当时人还活着，有时还可借以推断损伤后存活的时间。

"老师和学生容易理解,不过为什么玻璃公司的职员会在场?"

"因为学校从燕子玻璃公司购入实验器材,这个职员路过学校附近顺路来拜访受害者,开始在一层楼的办公室等,不过广播多次受害者都没来,所以由化学老师陪同来到了准备室。"

据说第一次广播播放于四点二十分,之后每隔十分钟播放一次,一共播放了四次。

"让来访者等了半个多小时,不愧是学校,办事效率真低。那个职员也是,傻傻地等了这么久,直接给受害者打电话不就好了?"

"他好像不知道电话号码。我们调查了受害者的通话记录,案发当天,受害者没有和任何人通过电话。"

"那就是说四点二十分第一次广播时受害者已经遇害了吗?"

我问刑警,他用奇怪的眼光瞥了我一眼,仿佛在说谁都能判断出这一点。

"快到四点的时候发生了地震,喇叭的电线因此断裂,所以在理科准备室听不到广播,高一(2)班和(4)班也是这样。"

"现在不清楚受害人是由于被害而没能去办公室,还是由于没听到广播才没去。"

"对,从四楼下楼有两条路,不过没有迹象表明当时有人上下楼。其中一条就是我们现在走的楼梯,缓步台装有摄像头，我们已经确认过摄像头，案发时间没有人经过。"

"学校里安装了监控器，安全保障工作做得不错。"麦卡托冷冷地吹起了口哨。

"前年这里发生了两起大型盗窃案，不止是现金、电脑、乐器等值钱的东西失窃，甚至有接近两百套的桌椅都被搬走了。现在的世道，这些东西都能换钱。学校为此必须有所行动，不过不能把摄像头安装在走廊和教室里，在和家长代表会协商之后，除了室外，只在教学楼大门和缓步台安装了摄像头。"

"是嘛，看来管理学校也是一件苦差事，书桌都被偷了还怎么上课。你刚才说有两条路，那另一条呢？"

"走廊的尽头有一扇向外开的门，门外就是通向楼下的消防楼梯，虽然这扇门可以轻松打开，不过我们在勘查现场的时候发现门在内侧被锁上了，而且外面就是网球场，根据网球队员的证词，案发时间段没有人从消防楼梯下楼，消防楼梯平时没有人使用，一旦有人用会十分显眼。"

"楼顶呢？消防楼梯好像也通往楼顶。"麦卡托抬头望向白色的天花板问道。

"几年前有学生意外从楼顶摔下死亡，自那之后楼顶就上了锁被封闭起来，我们调查后也发现锁没有被打开的迹象。而且通往屋顶的缓步台也有摄像头，什么都没有拍到。"

"那这么说，真凶就是当时留在教室里的学生中的一人，怪不得你的上司这么焦急。"

另一个委托人也同样焦急……我心里闪过这个念头，要是把这件事告诉刑警，他会作何反应？当然我不打算这样做。

"被用作凶器的烟灰缸是受害者的东西，证词表明烟灰缸平时一直都放在书桌上，而在案发现场，烟灰缸还在桌子上，不过里面的烟头都撒到了地板上，而且烟灰缸上的指纹被清除干净，我把它带来了。"

刑警从皮革包里拿出了烟灰缸，就是那种放在会客室里大号的透明圆形烟灰缸。有几厘米厚，看上去有些重，盛放烟灰的凹槽部分有几处雕纹，底部的边缘有几处黑红色的血迹，看起来是相当结实的玻璃制品。

麦卡托接过烟灰缸看了一圈说：

"底座都被磨圆了，话说受害者烟瘾很重吗？"

"对，休息时间、没课的时候，他都会在这里吸烟，而且由于要出考试题，这一周以来，学生放学后他就会待在这里，被发现身亡的时候这间屋子里全是烟。"

"那么凶手用烟灰缸行凶，必然会沾到烟灰了吧。"

"我们也不是傻瓜。"刑警不屑地哼了一声，"早就意识到了烟灰的问题，高中生的衣服上沾有烟灰或有烟味马上就会被怀疑。还考虑了学生在厕所偷着吸烟的情况。不过受害者在案发前应该已经把烟灰倒进了垃圾桶里，地板上只有三个烟头，烟灰也不多。在给学生们录笔录时我们也注意观察了他们的衣服，没有收获，我们没法把他们的衣服都脱了仔细化验，而且当时并没有把嫌犯锁定在学生当中。"

"凶手真是交了好运。"

"当时如果那么做了，现在也用不到找你！"

"确实如此。"麦卡托微笑着回避了对方的讽刺。

"冲动犯罪的可能性很大，凶手似乎也没有戴手套。如果是计划犯罪，即便是临时更换凶器，也不会冒险特意选择有灰的烟灰缸，说明凶手当时并不冷静。受害者遇害时在吸烟吗？"

"一个被踩扁的烟头在受害者的白色衣服和地板上烫出了痕迹。而且只有这一支烟剩下一半，我们不清楚这支烟当时是在受害者的嘴里还是在烟灰缸里，不过能确定的是，当时这支烟是燃烧着的。"

麦卡托蹲下身子确认地板上的灼烧痕迹后问道：

"即使是学生来找他，受害者也会吸烟吗？"

"不，虽然准备室里乌烟瘴气，但是有学生来，他肯定会掐灭香烟，所有的学生都这么说。虽然他是出了名的宅男老师，不过在这一点上他很有师德。"

刑警对我们解释受害者是一个极度痴迷动漫的御宅族。

"网站被曝光，真是一个粗心大意的人，不过事情发展成这样竟然没有辞职。"

"因为不是违法乱纪，而且现在经济不景气，他也不想轻易辞职，大半的工资都花在了动漫上，他也没什么钱。他的电脑、壁纸和图标都是动漫主题。"

刑警的话引起了麦卡托的兴趣。

"他的电脑呢？"

"我带来了。"

刑警又从包里拿出了一台笔记本电脑，刚才觉得他的包用来装烟灰缸太大，现在看来原来是为了装电脑而准备的。怪不得警局局长信任他，做事十分周到。

麦卡托按下电源键，屏幕上的壁纸是美少女动漫的人物，穿着迷你裙，拿着五颜六色的手杖，应该是魔法少女。

"了不得，敢把这种东西拿到学校，一般人难以理解他的脑回路。"

奇人麦卡托都惊叹不已。

"案发当时，有什么软件在运行吗？"

"刚才说过，案发当时受害人在出考试题，屏幕上当时显示的是未完成的试题文档。"

刑警点击鼠标，屏幕上出现了物理试卷，第四题还没有编写完成。

"文档的最后修改保存时间是什么时候？"

"三点五十八分，在那之前一分钟发生了地震，被害者为了确认学生的安危从（1）班走到了（4）班，他应该就是在那个时候保存的，之后虽然编辑了文档但是没有保存。"

"那么从试题的编写情况来看,能否判断四点之后他花费了多长时间编写试题?"

"这个就……"刑警突然变得支支吾吾,"我的傻瓜下属当时没有确认这一点就关闭了软件,他说当时要比现在多一道题,不过具体并不清楚。"

"看来你也有一个活宝下属。"

我很在意"也"这个字,不过决定当作没有听见。

"好吧,发生过的事情后悔也来不及了,你们肯定也处罚了那个下属。是时候让你看一看我的手段了,再不拿出点真本事,你会越来越质疑我的能力。"

麦卡托露出轻松的微笑。

"这扇门后就是理科室吧?"

他指了指屋子角落里的一扇门,那是一扇陈旧的木制门,右手边安装了门把手,向里开,门锁样式陈旧,是那种钥匙孔贯穿两侧的锁。

"是的。"

"受害者被发现时,这扇门是关着的吧?"

"对,面向走廊的那扇门是开着的,不过这一扇确实是锁着的,两把钥匙都挂在墙上的挂钩上。"

刑警指向门对面的墙壁,墙上与眼睛齐高的位置有一排挂钩,应该是警方收走了上面的物品,现在那上面什么都没有挂。

"钥匙呢?"麦卡托伸手的同时,刑警就立刻从包里拿出了钥匙,两人配合十分默契。钥匙有两把,一把是家用的银色钥匙，另一把是黄铜色的圆轴旧钥匙，后者应该就是准备室通往理科室的门钥匙，两者都用绳子系在了钥匙环上。

麦卡托接过了黄铜色的钥匙，打开了门，里面是昏暗的理科室，有六张大实验台，每张实验台上都有水龙头和水槽，房间的另一边也是一扇门。

"平时进出理科室的门在对面，那扇门总是上锁吗？"

"关于这一点……"

应该是没有调查，刑警尴尬地眼神躲闪。

"还没调查吧，那希望你们能早一点调查清楚当时的情况。"

"好的，不过为什么？"

麦卡托指了指刚刚打开的这扇门说：

"理科室那边的门的钥匙孔有被新撬开的痕迹吧，里面必须调查，凶手有可能通过那边的门进出。"

"确实有痕迹，你是怎么知道的？你明明还没有进到理科室……"

面对惊讶的刑警表情，麦卡托轻松地说：

"小菜一碟，通过受害者的第五处伤口就能判断出来，从头的位置和伤口的角度可以得知凶手在关门的时候撞到了气绝身亡倒在地上的受害者，棱形伤口就是被门撞击导致的，而钥匙还挂在准备室的挂钩上，说明凶手撬开了锁才得以从那扇门逃跑。只要详细调查，就能在门框上发现受害者的血迹或者毛发。"

"我这就联系鉴定人员。"

刑警对于新线索感到十分兴奋,立刻拿出了手机,麦卡托却不以为意地接着说:

"不过对于高中生来说,理科室的门和准备室的门一样不容易打开,两扇门都面向走廊,不可能轻易撬开却不被人发现,所以,要么是理科室的门没有上锁,要么就是凶手提前拿到了钥匙。"

"你说得对,我会尽快向老师问清楚。"

刑警挂断电话想要离开现场,可是麦卡托叫住了他。

"等等,你能不能等我排查嫌疑人的时候再去调查,在这里等你调查完全是浪费时间,你先把现在知道的所有情况跟我说完。"

"好的。"

麦卡托露了一手之后很有效果,刑警停下脚步听从了他的安排。

"你先告诉我嫌疑人的情况。"

"有二十名嫌疑人,都是这所学校的高一学生,而且尚未发现有人有明显的动机要杀害受害者。

"受害者一直以来性格阴郁,师生对他的评价不高,但他不严厉也不会摆臭脸,学生们也说不上有多么讨厌他。不过七月份的网站事件败露之后,全校师生都对他指指点点。"

"那真是如坐针毡,作为一名教师,亏得他能忍受得住,我要是遇到这样的事肯定要逃到国外去了。"

推理能力一流，自尊心更是极高的麦卡托确实会这么做。

"他脸皮很厚，网站事件后还能在准备室里若无其事地看少女动漫，案发当天他在看四点钟的节目，有几个学生说动漫的声音很大，在走廊里都能听到。"

听了刑警的这一番话，我想起了最开始了解到的情况。

"等等，我怎么记得你之前说受害者被发现时准备室很安静？那不就说明没有播放动漫吗？凶杀不是发生在动漫播完的四点半之后吗？"

刑警用更加奇怪的眼光看了看我。

"可能是凶手暂停了播放，学生说四点十分那阵还能听到声音，之后就不太清楚了。虽说有声音传出来但是不大，要在门附近才能听清楚。"

刑警对麦卡托改变了看法，不过对我的态度没有变化。被泼了冷水的我闭上了嘴，麦卡托接过话来。

"这样看来，暂停播放的无论是凶手还是受害者，四点十分之前受害者尚未遇害的可能性很大。"

"如果凶手没有特殊设计的话确实如此。"

"学生们都有不在场证明吗？"

"有四名学生一直待在教室里，他们的不在场证明相对可信，其他学生没有一直待在同一间教室，来往于几间教室之间。可以说这些人'没有'不在场证明，有人一直在移动，有人记不清准确的时间，不过这也算合理。

所幸找人广播每十分钟播一次，可以由此来梳理情况。"

刑警从包里拿出了一张纸，上面打印着时间表，详细记录了从四点二十分起每隔十分钟到五点钟受害者被发现的各个时间点上，各个学生在哪些教室及移动顺序。"–"表示独自一人前往某教室、不在场证明难以证实，"="表示几个学生待在一起，"×"表示独自去厕所，完全没有不在场证明。

姓　名	4:20	4:30	4:40	4:50	5:00
浅间疾风	（1）班	=（1）班	=（1）班	=（1）班	=（1）班
稻叶武藏	（1）班	=（1）班	–（2）班	–（1）班	=（1）班
宇和海人	（1）班	–（2）班	=（1）班	=（1）班	=（1）班
越前美铃	（1）班	–（4）班	=（4）班	–（3）班	=（3）班
凰明日香	（1）班	=（3）班	×（3）班	=（2）班	=（3）班
甲斐路雄	（2）班	=（2）班	=（2）班	=（2）班	=（2）班
纪伊相马	（2）班	=（2）班	=（2）班	–（1）班	=（1）班
草津北斗	（2）班	–（1）班	=（1）班	–（2）班	×（2）班
玄海美咲	（2）班	=（4）班	–（3）班	=（3）班	=（3）班
儿玉光	（2）班	=（4）班	=（4）班	–（1）班	=（1）班
佐仓渚	（3）班	=（3）班	=（3）班	=（3）班	=（3）班
信浓瑞穗	（3）班	=（3）班	=（3）班	=（3）班	=（3）班
水乡忍	（3）班	–（4）班	=（4）班	–（2）班	=（2）班
濑户信二	（3）班	–（2）班	=（1）班	×（4）班	=（4）班
宗谷室户	（3）班	–（1）班	=（1）班	–（3）班	=（2）班
谷川燕	（4）班	=（4）班	=（4）班	=（4）班	=（4）班
鸟海春佳	（4）班	=（4）班	–（3）班	=（3）班	–（1）班
翼青叶	（4）班	–（1）班	–（2）班	=（4）班	=（4）班
出羽昂	（4）班	–（2）班	=（2）班	–（3）班	=（3）班
土岐稔	（4）班	–（3）班	=（3）班	–（4）班	–（3）班

麦卡托如是说

"学生的位置确实都不固定，如今打电话、发短信就可以相互联系，但反而急着见到对方。"

麦卡托只匆匆看过一眼，就把时间表还给了刑警，就好像他已经记下了所有的信息。

"我也觉得是这样，咱们用传呼机的那时候更轻松一些。"

刑警的语气有些抱怨，他今天的使命就是被一通电话安排的吧。

"我要见一见这二十名学生，他们在教室里等着吧？"

"对，都到齐了。不过话说回来，你是怎么让他们集合到一起的？我们警方在案发后集合他们都费了好大工夫。"

刑警并不知道麦卡托已经向学校施压，他不可思议地看着麦卡托。

5

听学生讲述完情况花费了近两个小时。二十名学生不可能每个人都单独询问，只能让他们在一间教室里集合，他们的反应各不相同，有的人提心吊胆，有的人没有被问到就自顾自地说起来，也有人警惕性很强，几乎不怎么说话。麦卡托在老师的帮助下梳理情况。

虽说刑警的时间表让我们的工作变得简单许多，不过同时分清几个学生的发言、让他们回想模糊的印象实在是件苦差事。我回想起自己的学生时代，当时觉得老师这份工作很快乐，现在看来实在是不容易。

不愧是麦卡托，只问了一遍就把学生的姓名和长相对应起来了，换作是我可做不到，这是我必须承认的。

当结束漫长的问话回到准备室的时候，我们发现刑警面色凝重地坐在椅子上。

"正如你说的那样，通往理科室的门上附着微量的受害者细胞。我们还发现了理科室那边的门锁有被撬开的痕迹，还有较为陈旧的撬痕，应该是多次被撬。锁筒的两端都有痕迹，看来开锁和上锁处都被撬过。不过准备室这边的门没有被撬开的痕迹。"

刑警看到我们随即开始说明情况，虽然有进展，他却不高兴，可能是因为警方在之前的调查中遗漏了这些线索。

"这是意料之中的事，受害者遇害时门还开着。如果一开始门关着，凶手逃跑时才打开门，那么受害者头部的伤口不应该在左侧而应该在右侧。理科室一侧的门的开关情况呢？"

"门在白天不会上锁，保安会在傍晚六点给门上锁。"

"也就是说案发当时没有上锁。"

"应该是这样，凶手可能是从理科室闯入的。多亏了你，案情有了进展，不然我们还在为尸体上第五处伤口的成因而发愁。"

"不，进展不止这些。"

麦卡托意味深长地说道。

"什么意思？你还有其他发现？"

"只要我出马，岂止有进展，分分钟破案……不过在此之前我还要了解一些情况。"

麦卡托再次打开了桌子上的笔记本电脑。

"电脑里有新的线索吗？"

刑警探头来看，麦卡托却制止了他。

"不要碰！就这么放着，一会儿就会有新发现。"

说完这句意味深长的话，麦卡托整理了一下衣领，转头说：

"关于门，现在我们知道凶手撬开理科室一侧的门才得以进出现场。既然如此，说明凶手认为受害者当时不在准备室里，没有学生敢在老师在场的情况下撬门而入。然而实际上受害者当时在准备室里，情急之下，凶手杀死了他。"

"有没有可能是因为准备室一侧的门面向教室，凶手知道受害者在里面，不想让他知道自己进来而故意选择撬开理科室一侧的门？"

麦卡托对我的问题嗤之以鼻。

"如果是这样，凶手为什么没有叫开门或者敲门？难道你来我家还非得撬开门不可？"

"那肯定不会。"

我慌张地否定，如果我做了这样的事，等待我的是麦卡托上百倍、上千倍的报复。

"凶手为什么要挑受害者不在的时候去准备室？应

该不是为了钱，受害者随身携带钱包，而且人尽皆知他是一个穷光蛋。"

"或许是为了埋伏受害者。"

"这间屋子一进门就一览无余，没有藏身之处。而且比起敲门进来，学生在准备室里等他会更令他生疑吧？受害者最近在出期中考试的题目，现在电脑显示的就是题目，有可能是凶手想要偷看试题作弊。许多学生知道受害者在准备室里出题，也知道他会把电脑带回家，所以偷看试题只能在他回家之前。"

"那这么说，凶手带了U盘什么的来现场？"

"不带也行，用手机拍照也行啊？你还是一如既往地考虑问题不周到。"

"对不住，这么说，凶手就是物理成绩差、手机有拍照功能的学生？"

"这太武断了，头脑简单的家伙。"

麦卡托露出令人厌恶的笑容。

"不惜撬开门也要偷看试题，凶手也可能事先准备好了相机。也有可能只想大致看看试题都考哪些方面，所以是否有手机不能成为证据。物理成绩同样不能说明什么，也有可能是刚好不擅长这个学期的知识而不想成绩下滑，考试作弊并非只有成绩差的学生。甚至作弊也未必百分之百就是凶手的动机，还可能有其他理由。比如受害者是狂热的御宅族，可能有学生想偷他的手办。最重要的一条线索就是凶手认为受害者不在准备室。"

这时，电脑屏幕上出现了魔法少女手杖的图片，和壁纸是同一个角色，应该是屏保程序启动了。随着一声动漫独有的配音，少女变身成女子。画面虽然花哨，但是声音不太大。

"二十分钟不操作就会触发屏保程序。"

麦卡托拿出怀表，满意地点了点头。

6

"话说回来，凶手为什么认为受害者不在准备室呢？"

"哦，对了，校园广播！"

刑警说道。

"正是如此，凶手认为受害者听到广播后会去往一层的办公室，没有其他信息会让凶手确信准备室没有人。而实际上，受害者没有听到广播，一直待在准备室里。"

"广播从四点二十分开始播放，就是说案件发生在那之后吧。"

"应该是。"

"凶手没有确认受害者离开就闯了进去，真是十分冒险。"

刑警的质疑很有道理。

"一旦试题编写完成，就没有机会去偷看，机会稍纵即逝，凶手原本就是试试看的心理，肯定也不会那么谨慎吧。虽然结果演变成了杀人案，但是在成绩面前学生也不会考虑之后发生的事，这是学生时代常有的事，却成为重要的线索。美袋，你应该能理解吧？"

真是少见，麦卡托询问我的态度，不过我还是耿直地回答自己不清楚。

"真是问了你也没有用。如果凶手在可以确认受害者行动的地方，那么他当然会去确认，比如在走廊里等着和受害者擦肩而过。可是实际上，即便受害者没有路过走廊，凶手还是闯入了准备室，这就是说凶手当时所处的位置没法确认受害者的行踪，都怪曲曲折折的走廊。如果凶手当时在（1）班或者（2）班，应该能够通过等待受害者经过走廊来确认准备室里没有人，但实际上并非如此，说明凶手在广播响起时在（3）班或者（4）班。"

"那有没有可能受害者确实经过走廊去往办公室，途中发现自己忘拿东西又返回？凶手确认受害者已经离开，但是在撬门的时候受害者又回来了。"

"如果是那样的话，受害者离开的时候就会掐灭香烟，看来你完全忘记了受害者遇害时香烟还未被掐灭这件事，你的记性就像鸡。"

只有麦卡托才会这样评价人。

"这样一来，四次广播期间始终都在（1）班和（2）班教室里的学生就被排除在外，那么……"

麦卡托看着时间表说道：

"浅间、稻叶、宇和、甲斐、纪伊、草津这六个学生就能排除嫌疑了。"

他在这些人的名字上打了叉。

"可是还有十四个学生。"

"不用急。凶手听到了第几次广播开始行动的呢？广播从四点二十分开始每隔十分钟播一次，一共四次。这样一来屏保就成为了关键线索。根据学生的证言，尸体被发现的时候，电脑屏保启动了。由于化学老师碰到了鼠标，你们警方赶到的时候屏保已经结束了运行。刚才我们试验之后知道，受害者的电脑设定成了二十分钟没有操作就会启动屏保。五点钟尸体被发现，也就是说死者遇害至少发生在四点四十分。"

"等等！"刑警慌忙地叫停了麦卡托的推理，"如果受害者在思考题目长时间没有操作电脑呢？那就也有可能是四点四十分之后遇害。"

"你忘了现场的鼠标从桌子上坠了下来？"

"啊！那要是屏保被锁定了呢？我不太懂电脑，不过好像有这种功能。"

"如果是那样的话，化学老师碰到鼠标时屏保就不会消失了，刚才我也试验了，这台电脑没有安装那种开机就启动屏保的软件。而且如果是在编辑预览状态下启动了屏保，屏保解除后显示的是原来的界面，因此即便凶手在行凶后为了偷看题目而碰了电脑，到现场被人发现也至少过去了二十分钟。由此可知，凶手听到第一次或第二次广播后有了潜入准备室的想法。也就是说，听不到前两次广播的（2）班、（4）班教室里的学生可以排除嫌疑，有玄海、儿玉、谷川、鸟海、出羽五名学生。"

麦卡托在这些人的名字上打了叉。

"还剩下九个学生。"

"既然设定了屏保，那么为了省电，应该也设置了熄屏功能。人们发现现场时电脑没有熄屏，可以推算行凶的时间吧。"

我的电脑没有设置屏保，却设定了三十分钟熄屏的功能。如果受害者也是这样的话，那么五点前的半小时，也就是凶杀发生在四点三十分之后。

"你把我当成傻瓜了吧？我早就确认过了，受害者的电脑待机时长是一小时。凶杀发生在最后一次操作的一个小时之内，还要确认一下吗？"

"让我看看。"

刑警开口说道。他在看过设置界面后表示认可。

"那么凶手可能是听了四点二十分或者四点三十分的校园广播才决定行动，无论是哪种情况，截至四点三十分，受害者都有可能在看动漫。"

"等一下，这不就是我之前的设想吗？"

就在两个小时前，我的设想被他全盘否定。

"不一样，你是通过节目结束来判断四点三十分受害者还活着。而我想说的是，如果凶手在撬门而入之前听到了节目声肯定会犹豫，并确认准备室里是否有人。

实际上有人，那么凶手就是疏于确认。总之，凶手潜入准备室的时候节目已经结束了。根据学生的证词，当天的节目是受害者不会错过观看的，所以凶手潜入准备室一定是在四点三十分节目播完之后。"

"不过，动漫结束的时候都会播放一分钟左右的片尾曲吧，受害者也有可能是那个时候就停止了播放。"

"那是一样的，如果凶手在听到四点二十分的广播后决定行动，你觉得他有可能在九分钟后进入准备室吗？从四楼到一楼的办公室两分钟就足够了，如果没什么事，受害者十分钟之内就会回到准备室。由于燕子玻璃的职员是偶然来访，所以凶手不可能提前知道受害者会被广播找人，凶手也不知道受害者会被叫去多长时间，很难想象凶手在广播之后的九分钟之内无动于衷，那就太过于从容不迫了。凶手至少要在四点二十五分到达准备室。考虑到这些因素，凶手在四点三十分的广播播放时还在（1）班或者（3）班教室里比较合理，而如果在（1）班教室里的话就能确认受害者的行动轨迹，不会贸然闯入准备室，所以凶手在（3）班教室里。"

麦卡托在越前、水乡、濑户、宗谷、翼这五名学生的名字上打了叉。

"那么……"

"剩下的嫌疑人还有四人，分别是凰、佐仓、信浓和土岐。"

两名委托人的亲属都还在嫌疑名单里，有二分之一的可能性……在我这么想的时候，麦卡托接着分析了起来：

"接下来要考虑的就是案发当时的不在场证明，凶手听到四点三十分的广播开始准备行动，佐仓和土岐两个人一直都在（3）班的教室里，四点四十分的时候凰也在（3）班的教室里，期间上厕所离开过一阵，那就是说嫌疑人只剩下两个，凰和信浓。"

只剩下两名委托人的亲属，看样子麦卡托必然要辜负其中一位的期待了。揭露真相如果得罪了黑道会被复仇，不利于警方就有可能被雪藏，无论怎样都会留下后患。

我担心地看了看麦卡托，不知道为什么，他却开心地笑了。

"凶手到底是哪个？莫非……"

刑警坐立不安，擦了擦额头的汗水，他一定是在努力思考如果真凶是局长的亲属，自己该采取怎样的行动，与自己的良心作斗争真是一件困难的事情。

"先别急，信浓瑞穗一直都待在（3）班的教室里，听到了两次广播。"

"什么意思？"

刑警嗓音沙哑地问道。

"受害者是上课都会打盹的老师，找他的广播播了两次，多数学生都会以为他因为打盹没有听到广播吧，这样的话，不用去准备室确认也能知道受害者没有离开那里，凶手想要采取行动时自然会犹豫。"

"学生们不会认为受害者已经回家了吗？"

"那么他的电脑也会被带走，潜入准备室就没有意义了。而且只要向窗外看看就能知道受害者的车还停在校园里。"

"那么嫌疑人只剩下一个人了，谢谢你，这样警方也保住了面子。"

刑警长舒了一口气。

"你打算逮捕谁？"

"凰明日香啊。"

刑警的口气像是在说：都推理出来了还犹豫什么。

"看来你的记忆力不好，再看看你自己做的时间表吧！第一次广播时，凰在（1）班教室里，之后去往（3）班，也就是说她听到了两次的广播。"

"什么意思？如果她也被排除在外，就没有嫌疑人了。"

刑警呆呆地张大了嘴，根本无法克制自己疑惑的神情，我也完全不理解麦卡托的话。而他接下来的话让人更加混乱。

"结论就是没有凶手。"

麦卡托面无表情，斩钉截铁地说道。

"没有？"

"什么意思？"

"没有凶手。"

堆砌整齐的推理之墙轰然倒塌，一种莫名的失落感向我袭来，就好像是出门买东西回来时家却不见了一样。我想刑警也是如此吧。

"凶手不在学生里吗？可是没有其他人出入教学楼四层。"

"不，嫌疑人只可能在那些学生中，而他们当中没有真凶，所以结论就是没有凶手。"

"那是自杀？"

刑警缓了一会儿问道。

"显然是他杀，你很清楚这一点。"

"那就是有人作了伪证，再不然就是你的推理有误。"

我不禁叫出声来。

"为什么作伪证？受害者死于四点三十分之后，这不会有错，因为动漫节目的时间无法改动。退一万步来讲，如果所有学生出于某种目的统一口径，谎称发现尸体时电脑屏保启动。行凶发生在第三次广播之后，那么凶手一定是在（3）班教室听到的广播，因为（2）班、（4）班的喇叭坏了，而如果凶手在（1）班就能确定受害者的具体行踪避免被他撞见，而且凶手必须是第三次广播时才首次听到广播才合理，这些都是我们之前推理过的，符合条件的有玄海、鸟海、出羽，但是他们三人都有第四次广播或者尸体发现时在（3）班教室的不在场证明。即便有关屏保的证词是假的，推理结果仍然是不存在凶手，所以没有伪证。只能假设凶手听到四点三十分的广播决定行动,只能是佐仓和土岐两人为共犯来统一口径互相证明对方在案发时有不在场证明,不过佐仓一直在(3)班教室里,听过两次的广播,很难想象她是共犯却不告知同伙自己掌握的情况,虽然有可能为了包庇土岐而撒谎……"

"那凶手不就是土岐吗?佐仓和土岐两人是情侣关系,土岐央求佐仓包庇自己。"

"很遗憾,土岐是左撇子。受害者最初的伤口在左侧头部,俯身跌倒后主要伤口都在右侧,所以土岐也不是凶手。凶手也不会想到作案时间可以通过这么多线索被锁定在很短的时间范围内,统一口径时不会精确到十分钟的间隔,肯定要覆盖作案时间前后很长一段时间,不过通过调查可以发现,没有人的不在场证明有这样的特征,这证明了他们两个人没有同一口径作伪证。"

"没有凶手……我无法接受这样的调查结果。"

刑警拼命地摇头,我的心情和他一样。

"不过,"麦卡托煞有介事地狡黠一笑,"有一种可能,这一切的背后有一个了不得的人物在操控,他在案发后策划统一所有学生的口径,教他们说伪证,让他们看上去没有不在场证明,最终导向我刚刚的推理结果——没有凶手。"

"有可能发生这种事吗?"

刑警满腹狐疑地问道,脸上的表情说明他现在什么都不信了。

"不好说，我不相信除了我之外还有人能做出这样的部署，总之我们先推理一下吧，这个人要符合：1. 不知道四点到五点之间教学楼四层处于相对封闭状态。如果知道，肯定会编造凶手不在二十名学生中的证词，将目标转移到其他人身上，这一点所有人都符合。2. 知道理科实验室的喇叭坏了。听学生们讲述就能知道有些教室能听到广播，而有些不能，自然可以推断出理科准备室的喇叭坏了，这一点所有人也都可以做到。3. 知道理科准备室的门被撬开过。凶手自然知道这一点，凶手以外的人基本不可能知道。没有调查过死者头上的人不可能知道，学生、老师都不可能轻易知道这件事，而且如果没有去理科室那边就不可能知道撬痕。4. 知道行凶时间会被锁定在四点三十分到四十分之间。也就是说这个人知道受害者看动漫节目、受害者的电脑屏保设置为二十分钟无操作后启动。任何人都可以知道动漫的事，不过即使是凶手也不能确定屏保的设置情况，只有受害者能做到。我们来考虑一下有没有可能是自杀或者委托杀人，并提前安排好学生的说辞。地震发生在快要四点钟的时候，最早听到广播寻人是四点二十分，直到尸体被发现，这期间有四十分钟的时间，不可能把事情给学生交代清楚。每十分钟播放一次的广播、五点钟化学老师和燕子玻璃的职员赶到四层都是不可能预测的事情，如果等得着急的访客再早一点上楼找人，那么一切都完了。如果死者四点五十分被发现，那时屏保还没有启动,无法证明凶杀发生于四点四十分之前。此外,即便那两人没有上楼,也有可能其他人在尸体被发现前来到四楼。死者无法根据死后的情况调整计划。如果想要消除这些不确定要素,就要在所有情况已经确定不变的临死之际告诉学生们一套合理的说辞。"

"死者为什么要搞这么一出?是想要包庇学生还是设下陷阱?他可是一名没什么威信的老师,学生不可能乖乖听他指挥。"

夕阳西下,房间里变得昏暗起来。夕阳穿过窗帘照进室内,落在麦卡托的背上,把身着晚礼服的他映照得熠熠生辉。

"有疑问很正常,毕竟这是最后的假设,实际上死者做不到。让别人杀掉自己,死后让人用门撞自己的脑袋,这些都能控制,等得不耐烦的访客和教化学的同事什么时候来准备室,却是死者无从知晓的。再晚十分钟熄屏了,屏保就不会成为线索。访客与同事是他的同伙是唯一的可能性,不过地震导致的广播线路损坏是偶然事件,预先让玻璃公司的职员那时来访也是不可能的,办公室和四楼的准备室之间有摄像头,只能通过电话联系,而死者当天没有通话记录……最后的可能性也被排除了。总之,这起案件不存在凶手,这是唯一的答案。"

麦卡托的话语像神谕一般不可解,久久地回荡在房间里。

密室庄

1

舒适的春日阳光让我睁开睡眼,我走到楼下,发现麦卡托正在打电话。

"那就拜托你了。"

他说完就挂断了电话。

"怎么了?"

"没什么,买了些水泥。"

他的语气就像是定了一单比萨一样。虽然是清晨,他身上的晚宴服十分笔挺。

"水泥?买它做什么?"

"没什么,不过话说你今天起得很早啊。"

"因为昨天睡得早。"

才早上八点,平时这个时间我还在睡觉。前一天晚上,我十二点前就躺下了,一觉睡到了自然醒。和麦卡托一起工作,生活节奏完全是混乱的,不过好在我的生物钟还能正常运转。

这里是麦卡托位于信州的别墅,是他在经办某件案子之后从委托人手里买来的,并不是前一阵花纸牌装修风格的那一栋，不是奇怪的建筑，也没有发生过命案，就是一栋极其普通的二层小楼。为何百年一遇的奇人麦卡托会买下这一栋普通的别墅？据说是因为他喜欢这里的地名。这个地区有个叫作"密室"的地方，而且别墅的地址编号是四〇四。这栋别墅原来叫"蓟庄"，麦卡托买下它后改名为"密室庄"，那是几年前的事情了。买下这栋别墅后，麦卡托时不时会来到这里休假，我也跟随他来了三次。这里被中央阿尔卑斯山脉环绕，风景秀丽幽静，抬头望去，白桦的枝杈将清澈的天空分割成无数碎片。当然，这里没有血腥的命案，每次来都是身心的享受。我不禁感叹，即便是麦卡托那样奇怪的人，也要在正经地方休假呀！

三天前，麦卡托问我要不要来密室庄。半个月来一直在调查的大案终于结束，他想休息一阵，而我恰巧写完稿子，二话没说就同意和他一起来到了这里。如果说去别的地方我可能还会考虑考虑，可这里仿佛是忙碌生活中的绿洲，我怎么会犹豫？

我们前天晚上到了这里，昨天一整天，我都在享受信州的悠闲时光，为了赶上交稿日期，我最近睡眠不足，身体像用旧的海绵，糟成一团。积雪覆盖的中央阿尔卑斯山脉吹来的清爽之风，如节拍器一样规律的野鸟啼啭治愈了我。

麦卡托也卸下侦探的重担，陷在木制躺椅中。一片祥和，虽然这里是编号四〇四的密室庄。这里不会发生命案，不会……

"莫不是发生什么事了？"

一般情况下谁也不会订购水泥，虽然别墅里有一处小小的庭院，可是并没有需要施工的地方。

我的第六感，不，是常年的不快经验驱使我追问下去。

"算是吧。"

麦卡托点了点头。难道风平浪静的休假到此为止了吗？我倍感失望地看着他。

"跟我来。"

"好。"

我并非发自内心想要跟他走，不过既然已经起床了，只好非去不可了。看到我同意随他去，他转身向厨房走去。

厨房角落的地面上，一个大型的地下仓库入口已经被掀开，下面是通往地下室的楼梯。得知要去往地下室，我有了不好的预感。这里的地下室与别处不同，丝毫没有家庭的温暖氛围，昏暗、潮湿，可以说是滋生邪念的空间。

从昏暗、狭窄的楼梯转过一次弯后，便到了地下室的门，打开这一扇铁门，就是八张榻榻米大小的房间。

地下室的地面和墙壁都裸露出混凝土，装饰单调，就像过去的牢房一般，没有窗户，只有一个从天花板垂下的电灯泡，上面是圆形的灯罩。

之前住在这里的人似乎擅长动手做家具，曾把许多工具都放在了地下室，而麦卡托对此并不感兴趣，只放了一些肥料和浇花水壶。在这个空荡的地下室的中央，一名男性的尸体仰面倒在地上。

"他死了？"

我立刻意识到这是一句废话，男子的脖子上缠着不祥的绳索，脸已经呈青紫色，舌头从嘴里伸了出来，眼球仿佛要从眼眶中迸裂而出。他大概二十五岁，身高在一米七零左右，不胖也不瘦。长脸、尖下巴、细长眉毛，由于表情狰狞，其他的面部特质并不清楚。前额发际如富士山形一般，他的长发虽然被染成了金黄色，但还看得出是日本人。身上穿着白底红条的衬衫、藏青色的裤子，脚穿蓝色运动鞋、白色袜子。

地下室满是灰尘，我和麦卡托在楼梯口穿上了拖鞋。

从门口到尸体之间，地上薄薄的一层灰尘被故意弄乱，无法确定足迹。

"已经死了四五个小时。"站在门口的麦卡托低语道。也就是说死者死于凌晨三四点钟。我当时还在梦里吃着烤鳗鱼。

"发生什么了？这人是你杀的？"

"怎么可能？"

他意外地耸了耸肩。

"我才不会这么无聊地杀人。"

虽然他的话让我在意，但是我选择暂且相信他。

"这个男子是谁?"

我没有印象,他似乎也不认识。

"谁知道呢,这是一张新面孔,不是过去案子的相关者。"

看起来他不像是在说谎装糊涂。我忘性大,总是搞砸事情,可是麦卡托不一样,他几乎对人的脸过目不忘。前一阵,他还一眼就认出了多年前去过的车站小卖铺里的老奶奶。

"死者身上没有钱包、手机,没有能够证明身份的东西,只有一块手表。"

我看到死者右手手腕上有一块手表,是国产的便宜货,身上的衣服也能随便在量贩店里买到,没法确认身份。

"身份不明的尸体……是不是小偷啊?"

"谁知道呢,地下室不用说了,别墅里没有被小偷乱翻的痕迹,也没有丢东西,可以确定受害者是径直来到地下室的。"

"不是小偷……那你报警了吗?"

"没,还没有。"

麦卡托摇了摇头。

慌忙报警有损他作为神探的面子。平日里麦卡托自诩神探,竟然在他眼皮子底下出现了不明的尸体,弄不清原因可谓有失身份,自信心受挫没有办法,不过这件事对他来说也是一剂良药,可以医治他的高傲病。

"你一定会查明真相吧?"

我有些故意找碴的意思。

"我当然打算调查,送到眼前的蛋糕怎么会拱手相让。但是必须先要弄清一件事。"

他轻轻地关上了地下室的门,叫我快些上到一层。

"先来梳理一下情况,我发现尸体的时候,地下室的灯是开着的,不过地下室的门、厨房的地道口都是关着的,且没有上锁。地下室的灯可以通过厨房里的开关控制。我看到下面有光就知道发生了什么。别墅一层的所有窗户、两扇门都上了锁,门还从里面挂上了门链,你可以确认一下。"

"不用了,没必要。"

既然麦卡托已经确认过了,我就没有必要看了。

"你还是这么从容不迫。"

他若有所思地看向别处。

"二层的窗户也是一样,我唯独没有去你的房间确认,因为看你睡得很香,我不想打扰你。你房间里的窗户上锁了吧?"

"是的。"

虽然已经是春天,但这一带到了晚上寒风仍旧刺骨,我记得自己关上窗户并且上了锁。

"那让我确认一下吧。"麦卡托说着就上楼去了,经过他自己的房间,走进了我的房间。

"没问题。"

确认过两扇窗户后，麦卡托回头说：

"我预料到了这一点，这样一来情况就确定了。"

他的脸上露出满意……不，是讥讽的笑容，自顾自地点点头表示认可，又回到了楼下。

"美袋，给我倒一杯咖啡吧。"

他径直走到客厅的沙发坐下，明明是他的别墅，让我去倒咖啡，真搞不清谁是东道主。不过既然发生了命案，那我只好扮演助手的角色了。案子如果不能水落石出就要一直待在这里，必须要让麦卡托先生好好发挥才行。我连忙去厨房烧水，不要让麦卡托挑出毛病——我多次看到他像个碎嘴婆一样批评新秘书青山小姐煮咖啡的方法，所以这次我小心地把开水倒入咖啡粉末中。

我拿着两杯咖啡回到了客厅，看到麦卡托在悠闲地听音乐，尽管自己的家里发生了杀人事件。

虽然我已经见怪不怪，不过还是钦佩他的心理素质。

"这种情况下还听布鲁克纳……你果然对尸体已经无动于衷了。"

我叹了口气，递出了咖啡杯，麦卡托缓缓地接过，挑起一条眉毛，表情很是意外。

"无动于衷的是你，我有时候都羡慕你的迟钝，不过我从来没有想过变成你这样。"

真是充满恶意和谜一般的话语，我苦思冥想不得其解。

"你没有意识到目前的情况吗？别墅里只有你我二人，窗户和门都从里面反锁了，外面打不开。你知道这意味着什么吗？"

"密室杀人吗？"

一起和"密室庄"相称的命案，而且还是在麦卡托眼皮子底下行凶，凶手真猖狂。

麦卡托把咖啡杯放到了沙发上。

"密室杀人？你好像误会了，现场不是密室，嫌疑人只有两个，他们都在密闭空间里，也就是说，凶手不是你就是我。"

2

"没有其他可能了吗？"

我被他的话吓得不轻。

"没有了。"他干脆地否定，"别墅处于密室状态，再怎么调查都没有发现凶手对门窗动过手脚，想在别墅外实施谋杀也根本不可能，因为地下室连窗户都没有。假如凶手在外面杀人后将尸体运到地下室，那么凶手必须要进到别墅里才行，进来后还要出去，但是完全找不到凶手进出的痕迹，我昨晚确认了所有的门窗都已经上锁。"

冷静沉着，麦卡托的语气就像是在处理与自己无关的案件，难道这也是侦探的修养吗？

"别墅里没有什么秘密通道吗？不是叫'密室

庄'吗？"

"你不知道我来这里多少次了吗？没有秘密通道，从上到下都是铁板一块。而且'密室庄'是我起的名字，原来叫'蓟庄'，是一栋极为普通的别墅，你要是在意的话可以自己去找。"

既然他那么肯定，应该就是真的了，不过我不肯相信，决定亲自找找。

前后门都是由一整块厚重的木板加工而成，竖着安装了两道锁，都是麦卡托买下这栋别墅时全新安装的，只有他有钥匙。锁是防盗的新式圆筒锁，如果是开锁行家可以打开，不过屋内一侧挂上了门链。门链是那种从上向下的样式，间隙不大，不可能从外面打开。

无论是及腰高的窗户还是落地窗，都上了锁。窗框上装饰古典，看上去陈旧，不过密封性好，没有缝隙可以让人从外面打开里面的锁，玻璃也没有破碎。

无能为力。

"满意了吧？"

看到我无精打采地回来，一直仰靠在沙发上的麦卡托说道。

"嗯，那么凶手不就是你了吗？"

麦卡托的双手竟然也会沾染鲜血。虽然他曾对罪恶视而不见，也曾把人逼得走投无路，不过亲手杀人却是两码事。

"怎么会？"他冷笑一声，"我刚才不是说了吗？我才不会这么无聊地杀人。"

"那是谁干的?"

"你呗。"

我看他的眼神不像是在说笑,而是有几分认真。那是多次直面真凶的眼神,冷峻透明,宛如水晶,棱角折射的光芒刺痛着我的瞳孔。

"开什么玩笑!"

我下意识地站起身来。我没有杀人,没有理由杀掉这个素不相识的男子,即便有理由,我也不会杀人,无论对方是谁。

那么真凶就是麦卡托了,这是十分简单的减法。

"完全不符合逻辑啊。"

他仿佛看透我的心思,对我嗤之以鼻。

"首先,你必须向世人证明你不是凶手,你能做到吗?"

我没有能力证明这个简单的减法,但是我不是凶手。他那志在必得的神情令我恼火,在他面前,我咬牙切齿,深刻体会到了蒙冤之人的心情。

"你不也要证明自己是清白的吗?"

"你说得对。"他点点头,"很遗憾,我也没有办法证明自己的清白。"

他到底想做什么?我不懂。既然我没有杀人,那么凶手就是麦卡托。不过他特意带我看尸体,向我说明别墅门窗都上了锁。如果他真的是凶手,并决心隐藏真相，他不说我可能永远不会知道，或者若想要把矛头指向别人，只要打开门窗就行了。

"难道你想把我也处理掉？"

"封口"这个不祥的词汇从我的思绪中掠过。

"别说傻话了，处理尸体很简单，而且如果我愿意的话，在你睡觉的时候可以用各种手法解决你。"

确实，卧室的门没有锁，他可以轻松杀掉我。

"那你是什么意思？难道你想把罪名推到我的身上？"

我极力克制自己想要破门逃出的想法，盯着麦卡托，后背流下冷汗，冷飕飕的。

"要是那样的话，我会设下更为残酷的陷阱让你无论如何都无法逃脱。不过目前还没有出现对你不利的证据。"

我浑身的关节都快要散架了，可是麦卡托仍旧语调冷静。我完全不懂他的目的。

证据……我想起了刚才看到的尸体，慌忙向地下室跑去。虽然我不想靠近尸体，但是为了证明自己的清白，没有办法。

"你注意到什么了吗？"

麦卡托饶有兴趣地跟在我的身后。

我打开地下室的门，指向尸体的右侧。在尸体右侧的地面，灰尘上有最大直径为三十厘米的圆环状印记，第一次看到的时候还不知道那是什么东西，现在我明白了，那是礼帽的印记！

受害者被勒死的时候，礼帽顺势掉到了地上，帽檐朝下，这当然是凶手的帽子，而这里只有一个人戴礼帽。

"这就是证据，证明你是凶手的证据！"

麦卡托却不知为何大笑起来。

"不好意思。你觉得你都能够马上看到的线索我会看不见吗？那是凶手想要嫁祸于我的手段，这么明显的把戏真是让人笑掉大牙了。在现在的情况下，能从这种小把戏受益的只有你。"

有那么一瞬间我觉得他说得有道理，不过我立刻回过神来，虽然有道理，但既然我不是凶手，那么这种说法就不成立。

"等等，这没准是你将计就计故意留下的证据，和警察这么说，他们也会相信你。"

侦破无数案件的侦探和蹩脚的作家之间，警察会相信谁的话，显而易见。

"当然有这样的可能性。我故意留下指向自己的线索，通过揭露其拙劣的把戏，嫁祸于你，看来你的脑袋变灵光了。"

真是令人气愤的表扬。

他接着对我说：

"很遗憾，这种讨论永远没有结论。你也有可能将计就计留下线索。随着线索是伪造的可能性变大，这种相互猜忌就会永远进行下去。我们相互控制着炸死对方的炸弹按钮，所以我不想在这一点上攻击你。"

麦卡托踏上楼梯向一层走去，仿佛是说留在这里也没什么用了。我在后面慌忙地追他。

"也就是说你也无法证明我就是凶手？"

"我刚才不是说了吗？只有你才会故意做出这么拙劣的线索，真是徒劳。"

麦卡托语气冷淡，把身子靠到了沙发上。

"去了一趟地下室，累了，再给我倒一杯咖啡吧。"

麦卡托一本正经地要求我为他服务，我在意他那自信的源泉。既然别墅是完美的密室，尽管荒唐，却可以基本确定凶手就在我和麦卡托中。而且麦卡托无法嫁祸于我，也无法证明自己的清白，他说过凶手不可能是在别墅之外的人。不过没准他已经解开了密室的谜团。这虽然是我的期望，不过看到他的神情，我觉得就是这样，如果侦探遇到了破不了的案子，应该更加严肃才对。

不过……如果他已经解开谜团，为什么还要撒谎呢？

难道只是想捉弄我一番？不过即使是麦卡托这般性格的人，在出现死者的情况下，也不会如此恶作剧吧。硬盘那一次，我多少有些错，可是这一次我完全不知道自己做错了什么。

难道那具尸体是演员装的？我的脑海里突然掠过这个想法，可是那个男子确定无疑已经死亡，多年随麦卡托出入现场，识别尸体的能力我还是有的。

弄不清麦卡托的真实意图，我不情不愿地又一次烧水、冲泡咖啡。

"之前有一起案子，你推断没有凶手，这次也是这样吗？"

我站在煤气炉前，提起了一桩旧案。我不是凶手，麦卡托也坚称他不是凶手。那么结论不就是没有凶手了吗？这仿佛是最后一根救命稻草。

"啊，你说墨菲斯托学院的事啊。当时我已经从逻辑上证明没有凶手了。不过这次不同，无法从逻辑上证明凶手不存在。密室庄处于密室封闭状态，屋外的七十多亿人口因此被排除在外，屋内的你我二人就是嫌疑人。你我都有条件作案，也都无法证明自己的清白。自己没有杀人，所以是对方杀的，对方没有杀人，这两种主观的推测并不能同时成立，所以你陷入了思想危机中，如果凶手不存在自然就轻松了吧。"

听口气，他似乎不认为我是凶手。我稍微安下心，不过总觉得结果会是一场空。

"难道你没有思想危机吗？"

"没有，没有神探破不了的案子。"

平时觉得靠谱的一句话，这次感觉他是在强装镇定。

凶手不是我，也不是麦卡托，不过嫌疑人只有我们两个人。这种情况下，还能有破案的神奇方法吗？

"那你打算怎么办？"

我追问，但是无济于事，他不紧不慢伸起了懒腰。

"我已经在处理了。"

3

"已经在处理了？你现在不是坐在沙发上光说不练吗？"

难道眼前的麦卡托是由住在这里百年的狐狸精变化而成的？密室庄明天就会变成荒原？无聊的幻想都变得逼真起来，现在就是这样一种荒唐的局面。

"现在已经不需要做什么了，等着就行。"

"等什么？报警交给警察处理吗？"

"看来不知道所有事情你是不会罢休的。密室庄里出现尸体，这不合理，如果不能解释这种不合理，那么你和我就摆脱不了嫌疑。这些你懂吧？"

"懂，所以我才疑神疑鬼。"

屋外的野鸟叫声很有规律，之前听起来还是悦耳舒服，现在却让我心烦意乱，表现了我着急知道真相的心情。

"只要思考哪里不合理就行了。"

"门窗上锁，别墅成为密室？"

"那是不合理的表象，原因呢？"

麦卡托摇了摇头。

"不是因为密室才出现现在这种局面的吗？"

"不对，不合理的根源是地下室的那一具身份不明的尸体。"

麦卡托向厨房瞥了一眼。

"这具尸体十分不符合逻辑，我昨天晚上把门窗都上了锁，但是地下室还是出现了尸体。问题不在于凶手是如何逃跑的，而是在于尸体为什么会出现，只要弄不清尸体的来源，案子就破不了。"

"问题不仅在于凶手是如何从密室逃脱的，还在于他是怎样将尸体带进密室里的。不过这也是不可能的。"

"对，不可能，所以也就不合理。所谓不合理，就是体现一般认识没有意义的东西。"

"你的意思是就这么放弃，接受这个不合理的事情吗？"

"我不是加缪，用不合理来消除不合理就行了。"

仿佛是与禅师对话。

"我不懂。虽然出现了尸体、凶手消失，但是从刚才起我就觉得事情没有进展。"

"在你看来或许是这样的，但实际不是，只要明确问题，解决问题就容易了。"

麦卡托依旧自信满满，不过我最清楚他不是个只会自吹自擂的人。

"那怎么办？"

"要从源头才能清除臭味，只要清除不合理的根源就行了，这样一来世界就能恢复平静。"

"有效的除臭剂可以去除密室杀人的味道？"

我感到一阵恶心，不过麦卡托毫不动摇，挺胸说道：

"你刚才不是问我为什么订购水泥吗？答案就在于此。"

水泥……能代替除臭剂？

"难道你想把地下室封死？"

"嗯，用凝固剂。没有尸体就没有命案，你可能会说这不符合现实逻辑，但是处理不合理的尸体就要用不合理的手段。"

看样子他不是在开玩笑，而是认真的，他打算把水泥灌入地下室。我对这个荒唐的决定感到十分震惊，但是他接着说道：

"你刚刚起床的时候，刚好碰到我安排认识的水泥商人置办水泥。我要得急，这里位置偏远，他没法马上就到，不过今天就能解决问题。"

麦卡托肯定不会安排正经商人来，不过那不是重点。

"但是既然存在尸体，那么一定就有凶手，埋藏尸体意味着你向凶手认输。"

"输？查案重要的不是输赢，而是真相。"

这句话像是出自一名正统侦探的口中。

"别说漂亮话了，在我看来，你就是在逃避解决不了的问题。而且真正的凶手故意留下陷害你的线索，即便你把尸体埋藏起来，他也会向警方告发的吧。"

"美袋，你错了。"麦卡托突然换成了一种教导我的语气,"不是解决不了的问题。只要证明凶手是你,或者是我就行了,站在我的立场,证明你是凶手就可以了。如果你向警方告发,我立刻就能说你是凶手,这不是推理,但是警方会相信。你知道这一点,自然不会报警,这样就没有问题了。"

"你还是怀疑我!"

我不禁站起身来,这么多年,我在他左右受到了多少非人的对待,可还是第一次觉得自己遭到了背叛。

"我已经说过很多次了,我没有怀疑你,只是从逻辑上说,既然有尸体,凶手不是你就是我。"

"我说过不是我杀的!"

"你冷静一下,冲动没有任何好处。"

他拿起咖啡杯放到嘴边,一口气喝光了咖啡。

看到他不急不慢的动作,我沮丧地坐到了沙发上。如果我任凭自己的情绪爆发,没准会被他制服。

"你是否杀了人并不重要,只要你不能证明自己是清白的,或者不能证明我是凶手,那么对我来说你就是凶手。当然,对于确信没有杀人的你来说,我就是凶手。那么解决办法只有一个,还很简单。我不想失去、也不愿意怀疑多年的朋友,对你来说也是这样的吧?"

麦卡托的态度突然变得很成熟。我在心中的天平上摆放起了良心的砝码。我很清楚,即便反对,麦卡托也会行动,若情况恶化,没准他还会把我交给警察,我仿佛能够看见清白的自己在高墙之内的生活。

"这样的话,你就要永远使用这栋别墅了,不能卖给别人,否则就会败露。"

麦卡托察觉到我不再强硬,浅浅地笑了一笑。

"现在这种情况还担心这个?只要我喜欢这里,埋着尸体又怎样?'密室四〇四'名副其实。"

"如果你对外宣称这里不是密室,昨晚的门是开着的不行吗?"

"那样的话命案就是存在的了。我是侦探,不同于普通人,发生在我的别墅里的命案,我必须抓住凶手,但是这不可能,那么我就会被贴上无能侦探的标签。不过话说回来,我没兴趣捏造一个凶手。"

"来这里是为了休假,和尸体待在一起,能休息吗?"

"那也是一种乐趣。"

麦卡托冷笑了一声,我曾隐约感觉到,人的尸体和虫子的尸体对他来说都是一样的,明天他就会忘记这里有一具尸体,悠闲地倚靠在躺椅中休息。

这栋别墅成为凶宅。失去了珍爱的心灵绿洲,我只能垂头丧气,却无能为力。

后　记

本书收录的短篇小说中,《没有答案的绘本》是最早完成的一篇,同时也是墨菲斯托系列的一篇独立作品,完成之时,我感到强烈的不安:读者会照单全部接受吗?

作为重视逻辑的侦探小说,《没有答案的绘本》在追凶的过程中走入了死胡同,虽说并非不可如此。在真相的十字路口,一个方向通往终点,却没有人注意终点的旗帜……

如果是这样,还是在每一处关键位置插上标记的旗帜比较好。小说集收录的各个主旨相近的短篇循序渐进,读到最后,读者会形成免疫力吧。怀着这种想法,我完成了《亡灵嫌犯》《九州旅行》和《收束》。

虽说是循序渐进,但是我在创作过程中并没有追求连贯的场景,但是对主旨相似的部分、结局的区别下了一番功夫,和喜剧一样,相同的"包袱"是无趣的。我认为各个短篇的结局还是具有差异化的特征。

不过,也正是由于循序渐进,读者会觉得作品受到了限制。比如,在《亡灵嫌犯》一篇中,以"凶手是××"的模式结束前一半推理即可,但是考虑到文章结构，为了缓慢推进推理，不得不加入后一半的推理，作为短篇小说集中的一篇还勉勉强强，但是作为单独的一篇作品来说，直到现在，我还难以决断是否应该加入后一半的推理。不过，在《收束》一篇中，正是由于意识到这种限制，加入了新的创意，就变得比最初的构想更为有趣。听起来像是自吹自擂，不过没有限制的写作，算不得佳作。《九州旅行》的荒唐中局也是这个原因。

如果说正统侦探小说集是"母"，那么这几个短篇就是与"母"长相迥异的"子"，单独拿出任何一篇放到正统侦探小说集中，都显得不合规矩，不过当我看到这些"子"在《麦卡托如是说》中找到了自己合适的位置，觉得自己的构思还算成功，这才放下心来。

（小说发行时摘自《墨菲斯托》二〇一一年第二卷《后记的后记》。）

解说：麻耶雄嵩如是说

圆居挽

有一种深海动物，名叫巨型等足虫。想到有些读者会对节肢动物敬而远之，我便割爱不去描写它的长相，请自行去想象猫咪大小的海蟑螂。等足虫被称作深海的清道夫，据说它会以海底大型生物的残骸为食，强调"据说"，是因为其生存的生态链尚有不明确的地方，可能还会吞食其他深海生物。有时候等足虫会被捕捞，养在水族馆里，神奇的是，它们当中的一些不会去吃饲养员投喂的饵食，不会特别衰弱，但是至死都会绝食。为什么绝食？为什么淡然接受这种状态？只有等足虫自己知道……

而我每次看到等足虫都会想到麻耶雄嵩老师。

想必有些读者已经知道，麻耶老师是大我十四届的推研社前辈，我在读大学前就接触过他的作品。我还记得当时自己总会感叹："这个人吃什么了，怎么会写出这样的故事？"

我的作品风格和平日里的言论可能会被误解，但我确实不是麻耶老师的狂热粉丝，也不是他的弟子（不过我的笔名确实是麻耶老师为我起的），但是在我衷心敬仰的作家中，他也占有一席之地。

提起麻耶雄嵩，就不得不提麦卡托鮎。据我观察，有许多书迷追捧麦卡托和美袋的故事。我也经常听说有呼声要求麻耶老师重启刊登于杂志《墨菲斯托》的新系列《恶人猎》。

不过，麻耶老师并非没有写作，甚至这三年来以前所未有的速度在各个出版社发表中短篇小说（他本人表示"一旦开始写就文思泉涌"）。

因此，书迷能以前所未有的速度读到麻耶老师的作品，一定很高兴，但同时，其中一定会有人觉得："既然写了这么多，为什么不再写写麦卡托……"我十分能够理解这种复杂的心情。

虽然不是自己的事，但是我认为从商业角度来看，把麦卡托这个人物树立成一个推理小说角色的典型，批量去写他的故事是一种正确的选择。不过我同样理解麻耶老师不去"量产"麦卡托故事的原因。主要有两点：首先就是单纯的创意问题，系列小说的读者应该都了解这一点，无论什么作品，过分追求技巧陷入程序化后便难以进行下去。对于外行人来说，只要让麦卡托在故事中表现得"恶魔"一些就足够了，但麻耶老师肯定不会满足于此，甚至会觉得这是一种无意义的写作。因为对他来说，麦卡托的恶魔属性与需要技巧的情节是不可分离的，甚至可以说麦卡托就是表现技巧性情节的工具。其次，读者的期待不能成为麻耶老师创作的动力。他曾亲口说过："作家就是其创作作品的全部，如果不能表达自己的意图，那么作者难辞其咎。"换句话说，读者想要如何理解作品是读者的自由，他没有想过一味地迎合读者。

虽然这对书迷来说是悲伤的结论，但是麻耶雄嵩不是机器。总有一天会出现续写麦卡托的动机，只要把握好时机，编辑也会为我们刺激麻耶老师的创作意图。

关于这一点，我也有一些想法。

麻耶老师是我衷心敬佩的作家，我用了多种方法去研究他。比如，当我从前辈那里得知某些书可能给了他影响，我便会去读这些书。再比如，为了了解麻耶老师的为人，我会去调查活动室留下的记录，通过与其他前辈交谈收集他的轶事。由此我了解到许多，受篇幅所限，不能全都写下，有一些遗憾。

麻耶老师出道之时的几部作品风格趋向边缘，而我本人的兴趣是普通的传统本格推理，特别喜欢阅读埃勒里·奎因与鲇川哲也的作品（有兴趣的朋友读一下麻耶老师写给东京创元社刊行的鲇川哲也作品《死亡的风景》的解说，就会发现其中的微妙之处）。

麻耶老师的写作基调在他读大学之前就已经形成了，大一那年，他写下了麦卡托系列的第一部《西伯利亚急行向西》。（插一句闲话，麻耶老师入社那一年的社内杂志评价他是"品位难以原谅的新人"。）

了解得越多，难以说明的点就越多，比如麦卡托的人物塑造。

　　从老师的作品中，特别是早期作品中经常出现的一系列小桥段可以得知，麻耶老师的青春多与动漫、特摄、漫画相伴，不过也并不能说明这些艺术形式成为麻耶作品的基石，毕竟他连自己作品中角色的名字都经常忘记，这是他在人物塑造方面多思虑的表现。这样的麻耶雄嵩竟然创造了麦卡托这一神探形象，真是一件神奇的事情。其作品中一闪而过的诡谲的叙事技巧也是如此。考虑到本人的阅读倾向，叙事技巧不是吸引我的部分。

　　最令我难以理解的是，麻耶老师在出道前已经有几部完成度较高的作品，但是当时的他完全没有成为职业作家的打算。在以出道为目标开始创作的我来看，这是完全难以理解的。我对于麻耶老师出道前的了解只有这些，他的作品被评价为等足虫生态，这与我的观察结果并不一致。不过，最近这两者之间的差距才渐渐填平，这是因为我在两年前成为职业作家，与麻耶老师私下见面的机会变多了。提起他的兴趣，我首先想到的是铁路、山城、美食和棒球，据说有喜欢的动漫他也会去关注，不过动漫不是如今他排在前面的兴趣爱好。近来，麻耶老师经常随身携带游戏机、苹果手机，他的生活也变得数字化起来。

　　……细心的读者似乎已经注意到，谈了这么多，我连推理小说的半点影子都没有提，原因正是在于"我每次看到等足虫都会想到麻耶雄嵩老师"。作家之外的麻耶雄嵩完全没有积极学习吸收本格推理的迹象。当然，他会在工作范围内学习推理小说，但多半都是自己在写。被称作"本格推理白痴"却还是心平气和，在旅途中、酒桌上，麻耶老师几乎不会谈论推理小说的话题。

"无"不可能平白无故变成"有"，写小说必须要学习借鉴，那么麻耶老师借鉴了什么呢？

给我启发的同样是等足虫。

今年①二月，一只在鸟羽水族馆绝食五年的等足虫死了，人们在解剖后发现它的胃里只有棕褐色的不明液体，完全没有固态物质，化验后才得知，不明液体其实是酵母真菌。目前还不清楚酵母真菌如何影响等足虫，有人推测酵母真菌可以让等足虫有饱腹感并为其提供营养。听到这些，我立刻想到了麻耶老师高中时期的一段轶事：读遍横沟正史的少年麻耶在书店发现一本第一次见到的横沟作品，兴奋地伸手去拿，不过他仔细看过后才发现，作者是横沟美晶，他因此大失所望。可见一斑，当时还是乡下高中生的麻耶雄嵩对本格推理多么如饥似渴。对于"本格推理白痴"来说，没有可以学习借鉴的本格推理小说，意味着灵魂的死亡。

但是人的大脑可以发挥主观能动性，为了摆脱少年时对本格推理的饥饿感，获得自己创作本格推理的本领

---

① 日文原版发行于 2011 年，所以这里的今年指 2011 年。

是一种方法，就像等足虫一样……

这或许是一种唐突的想法，不，我不这么认为。进入推研社一年不到的大一新生就写出《西伯利亚急行向西》这样的杰作，按常理来说几乎是不可能的。

想必大家已经得出了结论。麦卡托就是麻耶老师为了"饱腹感"而创作的人物，这就是不想当作家的作家——麻耶雄嵩创作之谜的答案。如此一来，无意在作品中塑造人物的麻耶老师创作出麦卡托的内生原因也清楚了：为了完成少年麻耶的完美本格推理，麦卡托鲇的超人形象必不可少。

不愧是满足了作家本人的角色，麦卡托鲇对于所有人来说都魅力十足，我在阅读之后也被激发出创作热情，本书的《收束》一篇给了我一些灵感，顺着灵感，我正在写一部长篇小说（不仅仅是《收束》，我认为如果使用得当，麦卡托系列的创意都能成为长篇小说的灵感来源）。

为了"饱腹感"将这么优秀的创意写成中短篇小说，我总觉得有些奢侈，不过没有办法，麻耶老师即使向仅仅合理的创意妥协了，他本人也不会满足。

说了这么多，我意识到当年自己苦恼于"这个人吃什么了，怎么会写出这样的故事"，真是傻瓜。正是由于对本格推理的"饥饿"，麻耶老师才会有一系列的创意。

既然已经有所了解，我们不如耐心等待"饥饿"的麻耶雄嵩内求诸己，创作出更多麦卡托的故事吧！